클로버

클로버

나혜림 장편소설

창비

차
례

그 고양이는 밤처럼 검어서, 해가 지면 밤과 분간할 수 없을 것 같았다. 말하자면 녀석은 세상의 어두운 면을 온전히 볼 수 있지만, 세상은 녀석을 볼 수 없다는 뜻이다. 그래서인지 고양이는 여유롭고 우아한 자태로 해바라기를 하며 세상을 내려다보았다.

"야, 깡통 던져서 맞혀 봐. 저 고양이."

고양이는 꼬마들이 다가와 위험한 장난을 걸어도 전혀 두려워하는 기색이 없었다. 깡통은 고양이를 맞히기는커녕 어디선가 불어온 돌풍에 튕겨 나와 도리어 꼬마의 이마를 치고 지나갔다.

"재수 없게, 사람을 똑바로 쳐다보고."

지나가다 눈이 마주친 택배 기사가 욕을 해도 고양이는 전혀 두려워하는 기색이 없었다. 택배 기사가 발을 구르자 고양이는 크게 하품을 했다. 그 순간 택배 기사가 중심을 잃고 휘청했다. 가슴에 안은 상자들이 와르르 쏟아졌다.

'따분하군.'

고양이는 길게 기지개를 켰다. 그리고 중력을 받지 않는 것처럼 담벼락에서 사뿐히 뛰어내렸다. 희미하지만 맛있는 냄새가 나는 것 같았다. 맛있고 재미있는 냄새. 디저트의 냄새. 휴가의 냄새. 메이지 37년 일본에서 어느 작가 선생을 만났을 때처럼. 함재묘●가 되어 독일과 영국의 군함을 옮겨 가며 탈 땐 얼마나 재미있었던가. 포격과 화염, 침몰, 비명. 모든 게 고소하고 짜릿했지. 고양이는 격침의 추억을 음미하듯 눈을 감고 입맛을 다셨다.

그로부터 육십 년쯤 뒤에 미국 할리우드에서 로저 코먼의 영화에 출연했을 때는 좀 별로였어. 출연료며 대우가 형편없었거든. 영혼의 순도는 형편없이 떨어졌고. 영화사 놈들이란. 아무튼 악마도 등쳐 먹을 놈들이라니까.

하지만 이번에는……. 진짜 같은데. 진짜 휴가. 진짜 디저트. 진짜 만찬.

고양이는 그림자 속으로 훌쩍 뛰어 들어갔다.

그 검은 고양이를 눈여겨 본 사람이라면 녀석이 정말로 땅에서 조금 떠 있었다는 걸, 정말로 중력을 받지 않는다는 걸 알아챘을

● 군함이나 상선에 탑승하여 선원들과 함께 항해하는 고양이. 선박의 골칫거리인 쥐나 벌레를 잡는 역할을 했다.

지 모른다. 하지만 그건 아주 찰나였고, 녀석은 순식간에 사라졌다. 세상의 모든 어두운 것이 다 그렇듯.

1. 고양이

존재하는 사람은 때때로 잊히지만 존재했는지조차 의문인 사람은 오래 기억된다. 상당히 의심스럽지만 한때 세상에는 다섯 개의 빵과 두 마리의 물고기로 오천 명을 먹인 성인이 있었다고 한다. 십자가에 못 박혔다가 사흘 만에 부활한 그는 툴툴거리는 인간들을 떠났고, 세상은 기묘한 저울이 되어 시소 놀이를 하듯 기우뚱거렸다. 세상의 한쪽엔 가난과 굶주림, 다른 한쪽엔 신용카드와 고칼로리 빵, 그리고 그 사이를 위태롭게 오가는 사람들. 다섯 개의 빵과 두 마리의 물고기로 기적을 보였다는 그가 지금 여기 있다면 세상은 좀 달랐을까.

······이런 심오한 고민을 하고 있을 때, 그 고양이가 나타났다. 다시 말해 정인이 태주 무리를 피해서 학교 뒤켠 쓰레기장에 쪼

그려 앉아 있었을 때.

"아, 깜짝이야. 뭐야, 고양이?"

고양이는 급식실에서 내놓은 듯한 종이 상자 위에 여유롭고 우아한 자태로 앉아 해바라기를 하며 정인과 눈을 맞췄다. 그러더니 정인의 고민을 간파하듯 빤히 바라보았다. 금빛 눈동자가 제법 도발적으로 반짝였다.

시작은 354,260원짜리 수학여행 가정 통신문이었다.

354,260원.

정인은 가정 통신문을 보며 머리를 굴렸다. 정인의 머릿속 저울 한쪽에는 고기며 채소를 잔뜩 집어넣은 고칼로리 빵 — 그러니까 햄버거 —, 다른 한쪽에는 354,260원이 놓였다. 당연하지만 햄버거 쪽이 더 무거웠다. 월, 수, 금 주 3회 하루 세 시간 햄버거 가게 알바. 최저 시급 9,160원을 받으며 한 달 꼬박 일해도 2박 3일 제주도 수학여행비에 못 미쳤다.

"옆 학교는 일본 간다는데. 제주도가 뭐냐, 제주도가."

"숙소는 이름 들어 본 적도 없는 데네. 비행기도 저가 항공이야."

"야, 그래도 너무 불평하지 말자. 이번 수학여행에서 비행기 처음 타 보는 애도 있을 텐데."

태주와 아이들이 키득거렸다. 그 애들이 들먹이는 게 누구인지는 뻔했다.

"현정인, 너 비행기 탈 때 신발 벗고 타는 거 잊지 마라?"

급기야 태주가 정인에게 말했다. 가정 통신문을 들여다보던 정인이 고개를 들어 태주를 보았다. 빙글거리는 태주는 재미있어 죽겠다는 표정이었다. 다른 아이들도 키득거리며 정인을 보았다.

"박태주, 그만해."

카랑카랑한 목소리, 재아다. 아이들이 일제히 잠잠해졌다. 수학여행 이야기에 들떴던 교실의 온도가 순식간에 5도쯤 내려간 것 같았다.

정인이 자리에서 일어났다.

"나 수학여행 안 가는데."

안 가는 게 아니라 못 가는 거지만 뒷말은 굳이 덧붙이지 않았다. 정인은 그대로 교실을 나왔다.

"학교에서 수학여행비 지원해 줄 수 있어."

"……."

담임 선생님이 말했다. 정인은 입을 꾹 다문 채 바닥만 내려다보았다.

"중학생 시절 한 번뿐인 수학여행인데, 정인아."

"괜찮아요."

정인이 고개를 들고 대답했다. 한 번이든 두 번이든 세 번이든 그건 중요한 게 아니었다.

"가서 편히 놀지도 못할 거예요. 알바 빠지면 사장님도 싫어하고."

이번에는 선생님이 입을 다물었다. 정인이 방과 후 햄버거 가게에서 일하는 건 담임 선생님도 잘 알았다. 중학생인 정인이 아르바이트를 하기 위해서는 취직 인허증을 내야 했고, 담임 선생님이 나서서 학교장 날인을 받아 주었으니까. 한 번뿐인 중학생 시절에는 돈을 버는 것도, 쓰는 것도 쉽지가 않다. 정인은 어쩐지 선생님에게 사과해야 할 것 같은 기분을 느끼며 교무실을 나왔다.

차라리 돈 없어서 수학여행도 못 가는 놈이라고 욕을 하시지, 태주처럼. 교무실을 나왔지만 교실로 돌아가기는 싫었다. 정인은 학교 건물 뒤 쓰레기장까지 천천히 걸었다. 선생님들이 차를 대는 주차장을 지나 더 후미진 곳으로 들어가면 나오는 쓰레기장은 햇볕이 한아름 드는 남향의 운동장과는 달리 인적이 드물었다. 있지만 없는 곳. 버려진 것들이 쉬는 곳. 갑갑해지면 종종 어슬렁거리곤 하는 정인의 아지트였다. 쓰레기장의 폐지 수거함엔 급식실에서 내다 버린 듯한 종이 상자들이 빼곡히 쌓여 있었다.

'가져다 팔면 돈 좀 되겠는데.'

정인은 상자를 물끄러미 보다가 고개를 저었다. 저걸 챙기다가 태주 무리 눈에 띄어서 또 무슨 소리를 들으려고.

중학생 시절 한 번뿐인 수학여행인데, 정인아.

야, 그래도 너무 불평하지 말자. 이번 수학여행에서 비행기 처음 타 보는 애도 있을 텐데.

불평할 수 있는 아이들에 대해 생각했다. 불평? 그냥 참고 포기하는 게 내 일인걸. 참을 인. 참을 인. 참을 인. 참을 인이 세 번이면 반성문도 면한다지. 정인은 스스로를 다독였다. 내 일상에는 참을 일이 왜 이리 많은지. 정인은 종종 생각했다. 빛날 정(炡)에 사람 인(人). 제 이름자에 쓰는 '인'이 사실은 참을 인(忍)이었던 건 아닐까. 운명은 이름을 따른다는 말도 있으니까.

태주 말이 맞다. 정인은 비행기를 안 타 봤다. 하늘을 나는 기분, 그런 건 모른다. 땅에 붙박여서 다른 애들보다 중력을 한 세 배쯤 더 받고 있는걸. 그냥 넘기면 될 것을, 유독 태주의 말은 잘 넘겨지지가 않는다. 왜 박태주는 노력 없이 가진 것들을 난 갖지 못할까. 하느님은 모든 사람을 사랑한다는데, 받는 입장에선 좀 불공평하게 느껴진다.

하느님은 나를 그렇게 사랑하지는 않았나 봐. 어쩌면 나를 잊어버렸는지도 모르지.

정인이 이렇게 말하면 할머니는 굽은 허리를 펴고 정인을 보았다. 할머니가 그렇게 하면 정인은 긴장했다. 정인을 불편하게 하는 이야기를 할 때면 할머니는 늘 굽어진 허리를 억지로 세워서 스스로를 불편하게 만들었다. 정인의 잘못이 할머니의 잘못이라도 되는 것처럼.

"그렇게 말하지 마라."

"왜?"

"자꾸 불평하면 안 돼. 불평하면 사는 게 지옥이 되니까."

정인은 할머니를 더 불편하게 만들고 싶지 않아서 대답 없이 입을 꾹 다물었다. 그러면 할머니의 허리는 다시 중력을 받아 가라앉았다.

할머니는 폐지를 줍는다. 정인이 차곡차곡 쌓아 올린 기억 상자의 가장 아래에 깔린 장면에서 할머니는 기운 좋게 정인을 앞서나간다. 어린 정인은 종종걸음으로 할머니를 따르고, 코팅이 되어 돈을 쳐주지도 않는 광고지를 줍는다. 그런데도 할머니는 '우리 손주 참 야무지네' 하고 칭찬한다. 그러다 할머니의 등이 점점 가까워지고, 정인과 할머니의 어깨가 나란해지고, 어느 순간 정인은 할머니보다 배는 빠르게 걷는다. 할머니를 놓치지 않으려 종종대던 꼬마가 이제는 할머니에 맞춰 일부러 느리게 걸어야 한다. 그래도 상관없다. 낡은 운동화에는 그 정도 속도가 딱 어울리고, 떨어진 고물을 살피려면 어차피 느리게 걸어야 하니까. 택배 상자가 가장 좋다. 책이나 종이 가방도 좋고. 쇠나 고철도 괜찮고 안 쓰는 전자 제품도 좋지만 그런 건 거의 없다. 재활용 수거 업체, 그러니까 고물상에선 폐지를 킬로그램당 150원 쳐 준다. 정인은 교실이 아닌 고물상에서 수학을 배웠다. 어른들이 사회악이라고 부르는 '선행 학습'이라는 건데 그게 왜 사회악인지 잘 모르겠다. 그런 게 악이면 세상엔 악이 아닌 게 하나도 없을 거다. 아무튼, 그 덕분에 정인은 계산을 잘한다. 수학 시간엔 늘 선생님께 칭찬을 받는다. 그래서 태주는 정인을 싫어한다.

"정인이는 계산이 엄청 빠르네."

선생님이 정인을 칭찬하면 태주는 빈정거린다.

"꼴에."

태주는 정인을 좋아하지 않는다. 태주는 정인이 구질구질해서 싫다고 했다.

사람이 좋고 싫은 데는 여러 가지 이유가 있겠지만 구질구질하다는 이유는 썩 납득이 되질 않았다. 정인은 국어사전에서 '구질구질하다'의 뜻을 찾아보았다.

「상태가 깨끗하지 못하고 구저분하다.」

'아닌데. 나 깨끗한데.'

이유는 납득할 수 없지만, 정인은 그냥 숨는 걸 택했다. 태주가 말하는 '구질구질'이 전염병처럼 옮는 게 아니라 해도, 정인이 이름에 빛날 정(姃) 자를 쓴다 해도 그런 건 중요한 게 아니었으니까. 눈에 띄지 않는 게 편하다.

그런 생각을 하고 있는데, 녀석과 눈이 마주친 거다.

"아, 깜짝이야. 뭐야, 고양이?"

고양이는 급식실에서 내놓은 듯한 종이 상자 위에 여유롭고 우아한 자태로 앉아 있었다. 금빛 눈동자는 윤기 나는 검은 털과 그럴싸한 대비를 이루며 별처럼 빛났다.

"냐아—"

고양이가 상자에서 훌쩍 뛰어내렸다. 몸놀림이 어찌나 가벼운지 소리도 나지 않았다.

"못 보던 녀석인데. 미안하지만 여긴 내 구역이야. 내가 먼저 왔어."

"냐아."

"나도 여기 아니면 있을 데가 없어. 네가 이해할지 모르겠지만……."

고양이는 얌전히 귀를 기울였다.

"인간도 영역 동물이거든, 너희처럼."

"냐아오."

고양이는 이해한다는 듯 짧게 울었다.

이해해.

그게 꼭 사람 말 같아서, 마음속 깊이 이해한다는 말처럼 들려서, 정인의 입을 트이게 했다.

정인은 고양이 앞에 쪼그려 앉았다.

"고양이로 사는 건 어때? 뭐, 말 안 해도 알 것 같아. 힘들지? 근데 사람으로 사는 것도 마찬가지야. 아, 박태주 같은 애는 좀 덜 힘들지도 모르겠지만 난 힘들어. 사람도 다 같은 처지가 아니거든. 난…… 그러니까 길고양이랑 비슷해. 그러니까 너랑 비슷하단 말이야."

고양이의 혓바닥은 폐전선의 구리처럼 까슬해 보였다. 구리라. 꽈배기 구리 선은 킬로그램당 8,900원. 구리 1킬로그램의 몸값은 사람의 한 시간과 비슷하다.

"사람은 다 같다고, 사람에겐 값을 매길 수 없다고 누가 그래? 값을 나누는 등급도 다 정해져 있는데. 왜, 패밀리 레스토랑 있잖아. 거기도 돈을 다 다르게 받거든. 중학생이 됐을 때 어떤 애들은 더 이상 어린이 요금이 아니라 성인 1인분 요금을 내야 한다면서 싫어하더라고. 난 오히려 1인분 값을 할 수 있어 다행이야. 중학생 쓰는 데가 많지는 않지만 그래도 알바 자리를 구할 수 있었거든."

주 3회, 하루 세 시간 햄버거 가게 알바. '주방 보조 겸 서빙'이지만 사실 사장님이 시키는 건 뭐든 한다. 열심히 하면 고등학생 때부터 주 5일 근무할 수 있게 해 준다는 조건이 붙었으니까. 부지런히 바르작거리면 한 시간에 9,160원.

"그나마도 월, 수, 금 사흘뿐이야. 화요일이랑 목요일엔 다시 백

수, 아니, 그냥 중학생이거든. 언제쯤 재활용 함 옆에 놓인 폐지를 쿨하게 지나칠 수 있을까? 내가 고등학생이 되면? 어른이 되면?"

할머니를 따라 늘 길바닥을 보고 다닌 덕분인지, 정인은 시간이 빌 때면 습관처럼 폐지를 주웠다. 그래 봤자 푼돈이지만 높은 곳에서 주저앉고 어둠 속에서 손바닥으로 벽을 짚는 본능처럼, 몸이 기억하는 생존법이다. 정인은 높은 곳이나 어둠보다 빈 지갑이 더 무서웠으니까. 학교 끝나고 부지런히 걸으면 책가방을 가득 채울 만큼 폐지를 모을 수 있다. 책가방을 가득 채우면 7킬로그램쯤. 킬로당 150원이니까 1,050원. 알바가 없는 화요일과 목요일, 정인이의 반나절은 고작 1,050원어치다.

그래도 정인이 가면 수거 업체 사장님은 꼭 2,000원으로 채워 준다. 이글스 캡 모자를 쓰고, 야구 선수를 '귀신도 안 잡아갈 놈들'이라고 부르고, 야구 경기를 비롯해 온갖 것에 훈수 두기를 좋아하는 수거 업체 사장님을 사람들은 '박 코치'라고 불렀다. '그것들 코치하다간 내가 제명에 못 살지' 하면서도 사장님은 그 별명을 싫어하는 것 같지 않았다. 딱히 거스름돈을 달라고 하지도 않기에 정인은 항상 박 코치가 주는 훈수 값을 말없이 챙겼다. 선심을 쓰는 걸까, 아니면 셈을 틀리는 걸까. 어떤 이야기에서 정직한 에이브는 밤길을 달려 손님의 거스름돈을 돌려주었다지만, 정인은 그냥 모른 척하고 받는다. 그럴 때면 할머니에게 불편한 소리를 들은 것처럼 귀 끝이 빨개지고 심장이 따끔따끔했다.

시간당 9,160원. 킬로그램당 150원. 정인이의 세상에선 모든 시간과 무게에 돈이 붙는다. 다른 아이들도 그럴까? 2박 3일에 354,260원이라는 게 어떤 의미인지 태주도 알까?

"어쩌면 너랑 여기를 같이 쓸 수도 있겠다. 비슷한 처지잖아. 사람들은 우릴 싫어해. 자기들도 우리처럼 될까 봐 무서운 건지. 근데 문제는 우리가 여기 있다는 거야. 귀신이나 뭐 그런 거라면 그냥 상상이겠거니 하고 무시해 버리면 그만인데, 여기 진짜로 서 있으니까 도저히 무시할 수가 없단 말이지. 그래서 화를 내. 눈에 띈다는 이유로. 그건 우리의 문제일까, 사람들의 문제일까, 아니면 세상의 문제일까?"

고양이는 금안을 빛내며 정인의 이야기를 경청했다. 가만, 경청한다니. 그건 사람도 잘 못하는 건데. 정인은 제가 정신이 나간 건가 싶었다.

수업 종이 울렸다. 할퀴어질 걸 알면서도 교실로 돌아갈 시간이었다. 정인이 자리에서 일어나 주차장을 가로질렀다. 고양이는 그런 정인의 뒷모습을 빤히 보다가 사뿐히 종이 상자를 딛고 쓰레기장 너머로 사라졌다. 여전히 중력을 받지 않는 것 같은 몸놀림으로.

2. 햄버거 힐

정인이 다니는 학교에서 십오 분 정도 걸으면 나오는 학원가 사거리. 수제 버거 가게 '햄버거 힐'은 그나마 일곱 시에 이름값을 했다.

"그 영화가 1987년 작인데 우리나라에선 1990년에 개봉했거든. 개봉하고 서울에서만 관객을 4만 명 동원했어, 4만 명. 끝내주는 영화야. 내 인생 영화지. 우리 가게도 그 정도는 되어야 하지 않겠냐. 4만 명."

알바 면접을 보던 날 사장님은 정인을 앉혀 놓고 베트남전을 다루는 옛날 영화에 대한 일장 연설을 늘어놓았다. 영화의 배경인 1969년, 베트남 937 고개가 '햄버거 힐'이라는 별명으로 불렸고, 그래서 1987년 미국에서 만들어진 그 영화 제목이 〈햄버거 힐〉이 되었고, 그래서 삼십여 년 후 대한민국에서 중고등 보습 학원이 몰려 있는 학원가 사거리에 수제 버거 가게 '햄버거 힐'을 오픈하게 되었다는 눈물겹고 뜬금없는 창업 스토리. 그걸 전부 듣고 나서야 정인은 햄버거 힐에 투입될 수 있었다. 주 3회.

4만 명을 목표로 했지만 하루에 40명도 채 안 오는 수제 버거 가게가 '햄버거 헬'이라고 불린다는 것을 사장님은 모르는 듯했다. 그래도 일곱 시엔 사람이 좀 몰리는데, 첫 번째 학원이 끝나고 두 번째 학원으로 가기 전 학생들이 급하게 저녁을 때우는 시간이어서였다. 그 시간엔 학원가의 모든 음식점이 다 붐벼서, 학생들은 햄버거 헬이든 김밥 헤븐이든 줄이 짧은 곳이면 어디서든 지갑을 열었다. 어차피 만찬을 즐길 상황은 아니니까.

오늘 같은 월요일은 학원가에 있는 모든 상점들이 한산한 편이다. 월요일에는 피곤하다며 학원을 빠지는 애들이 많고, 그렇지 않아도 한산한 햄버거 힐은 더욱 한산해진다. 배달 주문도 없어서, 라이더 형은 바깥에 오토바이를 세워 놓고 테이블에 앉아 십오 분째 휴대 전화를 들여다보고 있었다.

"형은 비행기 타 봤어?"

"갑자기 뭔 소리야?"

라이더 형이 고개를 들고 정인을 보았다.

"아니, 그냥. 궁금해서."

"안 타 봤는데."

"형은 그 나이 먹도록 비행기도 한 번 안 타 보고 뭐 했어?"

"뭐냐, 너. 나이 먹는다고 비행기 표가 어디서 뚝 떨어지는 줄 아냐? 탈 일이 있어야 타지."

앞으로 내가 비행기 탈 일이 있기는 할까? 괜히 우울해진 정인은 냉장고를 열고 재고를 확인했다. 원래 재고 관리는 사장님의 일이지만, 햄버거 힐 말고도 체인점을 하나 더 운영하는 사장님은 바쁘다는 핑계로 은근슬쩍 정인에게 재고 관리까지 떠넘겼다. 적당히 숫자만 기록하면 된다나?

"야, 콜 왔다. 나 배달 나간다."

라이더 형이 오토바이 키를 챙기며 정인에게 말했다.

"버거? 아니면 셰이크?"

"아니, 여기 말고 옆에 떡볶이 가게."

"에이, 다녀와."

"학원 다니는 애들이 여길 뭐라고 부르는지 너도 알잖아. 학원 스케줄 꽉꽉 찬 애들이나 어쩔 수 없이 들러서 먹고 가는 거지. 사장 하는 꼴을 봐라. 양념 아끼고, 감자튀김 정량 안 넣고. 너 그 영화 봤어? 〈햄버거 힐〉."

"아니. 재밌어?"

"그날 먹은 거 도로 꺼내서 확인하고 싶으면 보든가. 한 십오 분만 봐도 징그러서 토 나올걸. 음식점 이름을 굳이 다 쏴 죽이는 영화 제목에서 따올 건 뭐야, 입맛 떨어지게."

"다 죽어? 주인공도?"

"주인공이 따로 없어. 그거 뜻이, 군인들을 햄버거 패티처럼 쓴다고 해서 햄버거 힐이거든. 근데 어떻게 생각하면 딱인 게, 이 집 패티 비둘기 고기라고 소문났잖아. 토 나오는 맛이라고. 이름값 하는 거지. 여기 곧 망할걸. 오래 버티면 내후년."

"내후년에 나 고등학생 되면 주 5일 일하기로 했어."

"고등학생 되면 떠야지, 인마. 망할 가게에 왜 붙어 있어? 다른 알바나 미리 알아봐 둬라. 알바비 못 받을 수도 있으니까."

"오토바이 탈 수 있으면 배달이라도 할 텐데."

라이더 형의 집게손가락에서 빙글빙글 돌아가는 오토바이 키를 보며 정인이 중얼거렸다.

"배달은 뭐 쉬운 줄 아냐. 이 집 저 집 묶어서 배달해야 겨우 본전치기고, 재수 없으면 딱지 끊고."

"그래도."

"한번 타 볼래? 열여섯 살만 되어도 면허 딸 수 있으니까……."

짤랑, 짤랑. 라이더 형의 손가락에 걸려 돌아가는 오토바이 키가 경쾌한 소리를 냈다. 정인은 키를 눈으로 좇다가 한숨을 푹 쉬었다.

"아냐. 할머니가 오토바이는 죽어도 안 된대."

"몰래 타면 되지. 할머니 말까지 다 듣고 어떻게 돈 버냐? 속도 지키고 규정 지키면서 배달하면 최저 시급도 안 나오는데. 다들 그냥 하는 거야. 막상 돈 벌어 오면 할머니도 좋아할걸?"

그러게. 할머니 몰래 타면 될 거나. 그런데 그렇게 돈 벌어 오면 할머니가…… 좋아하려나? 정인은 그저 웃고 말았다.

"배달 늦겠다, 다녀와."

라이더 형이 한 말이 영 허튼소리만은 아니었는지, 냉장고에는 유통 기한이 지난 빵이며 패티가 꽤 많이 쌓여 있었다. 몇 개는 정인이 몰래 집으로 가져간 적도 있지만 오늘은 너무 많이 남았다. 정인은 새 쓰레기봉투를 꺼내 와 유통 기한이 지난 패티와 빵을 쏟아부었다.

"그걸 다 버리면 어떡하냐?"

"……네?"

"그걸 버리면 어떡해. 도로 넣어."

언제 들어왔는지, 사장님이 정인을 밀치고 쓰레기봉투에 넣은 패티를 꺼내 냄새를 맡았다.

"아직 쓸 만하잖아."

"그거 유통 기한 지났는데요?"

"유통 기한 좀 지난 거 먹어도 안 죽어."

먹어도 안 죽는 거야 알지. 정인도 종종 집에 챙겨 가서 할머니랑 먹었으니까.

"날짜 태그 갈아서 냉장고에 다시 넣어. 한 2주는 멀쩡할 거다."

"그치만……."

"〈햄버거 힐〉에서 아담 프란츠 상사가 신병에게 하는 대사가 있지. '네 멍청한 실수 때문에 바디 백을 채우는 것도 지긋지긋하다!'"

사장님은 아담 프란츠 상사 흉내라도 내는 듯 거들먹거리며 말했다. 물론 유창한 한국어로. 그 대사는 신병보다 정인이 더 많이 들었을 거다.

"알아들었으면 패티랑 빵 꺼내."

더 지긋지긋하고 싶지 않으면 꺼내는 편이 낫겠지. 정인은 고개를 끄덕였다.

"아, 그리고 오늘 내가 일이 좀 있어서. 야간 마감까지 네가 좀 해 줬으면 좋겠다. 할 수 있지?"

"……네."

사장님이 나가고, 정인은 쓰레기봉투 속 패티와 빵을 물끄러미 바라보았다. 누가 지켜보기라도 하듯, 귀 끝에 열이 오르는 기분이었다.

유통 기한 좀 지난 거 먹어도 안 죽어. 한 2주는 멀쩡할 거다.

정인은 반쯤 빈 냉장고와 쓰레기봉투를 번갈아 보다가 패티와 빵을 봉투째 쓰레기통에 넣었다. 사장님이 다시 오기 전에 버릴 생각으로 쓰레기통을 끌며 밖으로 나갔는데,

"냐아—"

거기 또 있었다.

근처의 다른 쓰레기통을 뒤지던 고양이가 정인을 보더니 아는 체를 했다. 설마, 아까 그 고양이는 아니겠⋯⋯

맞아, 나야.

고양이의 금색 눈동자에 반짝, 스파크가 튀었다.

"뭐야, 너?"

"냐오."

"배고파서 그래?"

냐아, 고양이가 고개를 끄덕였다. 정인은 쓰레기통 안에서 패티를 꺼냈다.

"이거라도 먹을래?"

"냐아."

"잠깐만 기다려."

정인은 가게 안으로 들어갔다. 뭐든 아까워하는 사장님이 따로 양념이 되지 않은 패티를 쓰는 게 이럴 때는 다행이었다. 비닐 포장을 벗겨 낸 패티를 데워 종이 접시에 담았다. 고양이에게 따끈한 패티를 먹일 생각을 하자 괜히 기분이 좋아졌다.

"주문하신 패티 나왔습니다."

정인이 데워진 패티를 내려놓자 검은 고양이는 정인을 한 번, 패티를 한 번 보고는 코를 킁킁대며 냄새를 맡았다. 도도하게 한 입 베어 물더니 입맛에 맞는지 아예 얼굴을 박고 먹는다.

"배고팠구나."

골골골골. 고양이가 기분 좋은 소리를 냈다.

"너 아까 학교에서 본 그 고양이 맞지? 아닌가? 뭐, 검은 고양이는 다 비슷하게 생겼으니까. 맞든 아니든 너도 참 힘들게 산다. 근데 이거 한 번 얻어먹었다고 나 따라다니지는 마. 이것도 오늘이 마지막이거든. 사장님이 유통 기한 지난 패티도 태그 같이 해서 쓰래. 나도 하기 싫지만 어쩔 수 없어."

골골거리던 고양이의 소리가 끊어졌다. 고양이가 고개를 들고 정인을 보았다. 금색 눈동자에 정인의 얼굴이 비쳐 보이는 듯했다.

"오토바이 면허가 있으면 배달 알바라도 할 텐데. 근데 할머니가 오토바이는 죽어도 안 된대. 억만금을 줘도 안 된다는 거야, 참나."

고양이는 이번에도 눈을 빛내며 정인의 이야기를 경청했다.

"내가 고양이한테 자꾸 무슨 말을 하는 건지 모르겠네. 거기서 기다려, 물도 좀 줄게."

정인이 부스스 일어나 가게 안으로 들어갔다.

"우리 할머니가 그러는데, 물도 마시면서 먹어야 안 체한다고……."

정인이 종이컵에 물을 담아서 나왔을 때 고양이는 없었다. 빈 종이 접시만 조금 전 작은 손님이 다녀갔다는 증거처럼 바닥에 남아 있었다.

내내 한산하더니 마감까지 손님이 없었다. 가게 문을 잠그자 열시가 넘었다. 계약서에 쓴 알바 시간보다 한 시간을 더 일했지만 사장님이 수당으로 쳐줄지 모를 일이었다. 정인은 사장님이 따로 정리해 두라고 한 종이 상자 몇 개를 챙겨 초과 근무 수당으로 삼았다. 그거라도 챙겨야 덜 억울할 것 같았다. 가면서 폐지랑 고물을 좀 더 주워 가면……, 그러면 박 코치님은 또 천 원을 더 붙여 주겠지. 늘 그랬으니까. 밤길을 달려 거스름돈을 돌려준 정직한 에이브라면 어땠을까. 알바하는 곳 사장님한테 유통 기한 지난 패티를 태그 갈이 해서 쓰라는 말을 들었다면.

정인이 옆구리에 종이 상자를 끼고 재활용품 수거 업체에 들어섰을 때, 녀석은 또 거기 있었다. 윤기 나는 까만 털에 노란 구슬 같은 눈. 그 눈이 반짝 빛나나 싶더니 이내 사라졌다. 아니, 잘못 본 건가? 분명히 그 고양이였는데…….

"던졌습니다! 스트라이크. 타자 헛스윙. 저 선수 참 묘하죠? 주자가 있을 때만 부진하거든요."
"아흐, 귀신도 안 잡아갈 것들."
간이 건물로 지어진 사무실 안쪽 구석 텔레비전 볼륨을 최대로 맞춰 놓았는지, 중계 소리가 바깥까지 쩌렁쩌렁 울렸다. 장내 아나운서가 재활용 수거 업체에 출장 나온 것처럼. 안타깝지만 오늘 경기에서도 독수리가 밀리고 있다. 폐지 무게를 다는 이글스 캡 모자가 씩씩거렸다.

"언제까지 할 생각이냐, 이거?"

박 코치가 말했다.

"모르죠. 그러는 사장님은요?"

"말장난 하지 말고, 인마."

"돈 모아서 오토바이라도 사면 다른 일을 할 수도 있고요. 배달이나 퀵 같은 거."

"아이고, 말은 쉽지."

— *쉽지 않네요, 오늘 경기.*

중계에 맞춰 박 코치가 혀를 찼다. 정인을 못마땅해하는 건지, 텔레비전 야구 경기를 못마땅해하는 건지 알 수 없어 정인이는 그냥 잠자코 있었다.

"너 공부 잘한다며, 셈도 빠르고. 영화에서 보니까 수학 잘하는 사람이 야구 코치로 성공하는 거 나오던데. 너도 그런 거 해 보지 그러냐."

"야구 선수들더러 귀신도 안 잡아갈 놈들이라면서요."

"아직 잡아가면 안 되지, 1승도 못 했는데."

"그런 식이라면 영원히 살아야 할걸요. 코치님은 왜 하필 꼴찌 팀을 응원하는 거예요? 1등을 응원하면 좋잖아요."

"살아 봐라, 그것이 마음처럼 되나."

"꼴찌 팀을 버리는 거요, 아니면 1등 하는 거요?"

"둘 다! 경기도 응원도, 다 갖추고 할 수는 없는 거야. 내 마음대로 안 풀린다고 걷어차는 건 인생에 대한 예의가 아니지."

"귀신이 잡아가네 마네 욕하는 건 예의고요? 코치님의 혈압과 마음의 평화를 위해서라도 다음 경기 땐 비가 오는 게 좋겠어요."

"시끄럽다, 이 녀석아. 이런 거 주워서 한두 푼 벌어 봤자 1점도 못 내. 너도 빨리 정신 차리고 공부해."

박 코치는 정인을 타박하더니 사무실로 들어가 금전 출납기를 열었다.

"자."

"어……."

정인은 손바닥 위에 놓인 돈을 보고 우물쭈물했다. 그동안 받은 후한 값이 호의였을 뿐 권리가 아니라는 걸 정인이도 알지만, 오늘은 정확히 제값만 쳐주는 게 이상하다. 정인이 멀뚱히 서 있는 걸 보자 박 코치는 이글스 캡 모자를 벗고 머리를 털더니 모자를 다시 썼다. 그러고는 난처한 듯 웃었다.

"폐짓값이 떨어졌어. 제지 업체에 넘기는 비용이 달려서 어쩔 수가 없네."

"……."

"이 일이 워낙에 시원찮아. 너도 슬슬 다른 일을 찾는 게 좋을 거다, 미안하다.”

아, 주춤하네요.

아나운서가 탄식했다.

“……아니에요. 안녕히 계세요.”

인사를 하고 돌아서는 에이브러햄의 마음은 기쁨으로 가득 찼어요. 사람들은 이 소년을 '정직한 에이브'라고 불렀어요. 그리고 에이브는 훗날…….

돌아서는 정인의 마음이 뒤틀렸다. 꼭 받을 돈을 떼인 기분이었다.

“에잇, 웬 짐승 새끼가…….”

바퀴 미끄러지는 소리와 함께 욕설이 들렸다. 찢어지는 듯한 울음소리도 들렸다. 검은 그림자가 후다닥 뛰어 정인의 종아리 사이를 파고들었고, 남자는 쓰러진 오토바이를 세우며 침을 칵 뱉었다.

“야, 꼬마야. 네 고양이냐? 고양이가 왜 돌아다니는 거야?”

“네?”

“앞으론 눈에 안 띄게 해라. 하마터면 뒈질 뻔했네.”

오토바이는 요란한 소리를 긴 꼬리처럼 남기고 사라졌다. 정인은 제 낡은 운동화 뒤축에 몸을 숨긴 검은 짐승을 내려다보았다.

또 너야?

3. 헬렐

"들어와."

고양이는 영 낯선지 문턱 너머에서 두리번거렸다.

"들어오래도."

"냐아."

세 번은 권해야 하지 않겠니,라는 듯 고양이가 뻔뻔스레 울었다. 정인은 한숨을 쉬고 신문지를 걷었다.

"싫으면 말든가."

고양이가 흠칫하더니 후다닥 들어왔다.

"나 따라다니지 말라고 했잖아. 너 줄 것도 없어. 오늘 하루 여기서 자고 다른 데로 가. 여긴 나랑 할머니 살기도 팍팍해."

금색 눈이 천진하게 깜빡거리자 정인은 한숨을 쉬었다.

"너도 이제껏 길에서 살았으니까 알 거 아냐. 인생은, 그러니까 고양이의 생도, 각자 알아서 사는 거야."

"……."

"알아들었으면 그 신문지 위에서 좀 쉬다 나가."

"……."

"왜, 패티 하나 더 구워 줘? 전에 사장님 몰래 챙겨 둔 거 있는데."

정인이 부엌으로 나섰다. 문을 열고 신발을 신고 나가야 하는 부엌이었다. 고양이는 그제야 여유가 생겼는지 고개를 들고 방을 둘러보았다. 살짝 열린 부엌문 사이로 고소한 냄새가 났다. *음, 좋은 냄새. 맛집이네.* 고양이는 만족스럽게 입맛을 다셨다. 맛집일지는 몰라도 '좋은 집'이라고 부르긴 힘든 집이었다. 누렇게 손때가 묻은 벽지. 군데군데 거뭇한 쥐똥 자국. 방 한 칸, 부엌 한 칸, 화장실 한 칸. 하나뿐인 창으로 들어오는 볕이 궁색해서 방은 어두침침했다. 지대는 높은데 천장은 낮은 곳. 고양이가 구리선 같은 혓바닥으로 제 발바닥을 핥으며 그루밍을 했다. 고양이 실루엣이 벽에 아롱졌다. 찡긋거리는 수염과, 위로 바짝 솟은 귀, 날렵해 보이는 몸매가 점점 부풀면서……

정인이 부엌에서 방으로 통하는 문을 열었다. 방으로 다시 들어오려면 신발을 벗고 턱을 올라야 했다.

"누, 누구……"

정인의 입이 벌어졌다. 눈이 커졌다. 기껏 데운 패티가 방바닥에 떨어졌다.

"누구세요?"

고양이는 자리에 없었다. 그 대신 윤기 나는 까만 옷을 입은 남자가 금색 눈을 빛내며 정인을 보고 있었다.

"두려워 말라, 소년!"

"아저씨 뭐, 뭐예요?"

"이 몸은 헬렐 벤 샤하르. 원한다면 나를 헬렐이라 부르라. 나는 너와 함께 함이라. 나는 악마요, 정확히는 휴가 중인 악마로다."

"……헬렐레?"

"헬렐레가 아니라 헬렐! 히브리어로 '빛나다'라는 뜻이다."

"한국말로는 술 취했다는 뜻인데."

"이봐. 나는 헬렐 벤 샤하르, 새벽에 빛나는 별이요 태백성이라. 내 이름을 욕보이다니 건방지군, 소년."

"여기 있던 고양이는요?"

"그 고양이는 헬렐의 현신이니."

"그런 건 모르겠고 고양이 어디 있냐고요?"

"내가 그 고양이다!"

"……."

정인이 눈을 끔뻑거렸다.

"아저씨, 요즘엔 유괴범들도 아이패드 준다며 꼬신다던데 아저씨는 너무 성의 없는 거 아니에요? 21세기잖아요."

"휴가 중인 악마에게 성의까지 바라다니 요구가 지나치군."

"유괴범도 휴가가 있구나. 근데 아저씨, 저 데려가 봤자 우리 집 돈 없어요. 보면 아시겠지만. 저 이 집에서 할머니랑 둘이 살아요. 월세 내고요. 아까 고양이한테도 여유 없으니까 가라고……. 아, 고양이! 고양이 어디 갔냐고요! 패티 하나 더 구워 준다고 했는데!"

헬렐은 한숨을 쉬었다. 그러고는 눈을 깜빡였다. 순식간에, 그는 매끄러운 검은색 털을 가진 고양이로 변했다.

"우와, 나 이거 〈해리 포터〉에서 봤어."

정인이 감탄했다.

요즘 애들은 도대체 무서워할 줄 몰라. 할리우드 영화랑 유튜브가 애들을 다 망쳐 놓은 거지. 악마는 속으로 투덜거렸다.

"헬렐 벤 샤하르?"

"그래. '샛별'이자 '빛을 발하는 자'라는 뜻이다. 라틴어로는 '루시퍼'라고도 하지."

"그럼 아저씨는 외국인이에요? 근데 왜 이렇게 한국말을 잘해요?"

"나는 모든 언어로 말할 수 있다. 바빌론 시대 이전 태초의 언어부터. 천상의 존재는 모든 언어에 유창해야 해. 온갖 기도를 들어야 하니까."

"천상이면 저 위에 있는 거 아니에요? 아저씨는 악마라면서요."

정인이 두 검지로 바닥을 가리켰다. 저 아래, 마그마로 보일러 돌리는 데가 악마의 거주지 아니냐며.

"뭐, 주민 등록을 옮기긴 했지. 옮긴 주소로 기도가 얼마나 많이 배달되는지 알면 놀랄걸, 소년. 저승의 뱃사공인 카론 밑에서 일하는 배송원이 여섯 번째 사표를 썼을 때, 내가 화물 트럭을 하나 더 장만해 줬다니까. 후임이 들어오면 여객 부서로 빼 주겠다고 설득을 했는데 후임자가 통 들어와야 말이지. 정년이 없다는 게 소문이 나서 그런가. 그래도 요즘은 주 52시간 근무에 특전도 제공…… 아, 이게 중요한 게 아니고. 아무튼 원한다면 네게도 몇 개의 언어를 선물하겠다. 어차피 내게는 다 한가지 말일지니."

"선물이 아니라 거래 아니에요? 영화 같은 데서 악마는 꼭 거래를 하자고 하잖아요. 근데 보면 알겠지만 나 미성년자예요. 요즘 사회 시간에 법에 대해 배우는데, 미성년자랑 거래하려면 법정 대리인 동의가 필요하대요. 그래서 알바 구할 때도 취직 인허증에 교장 선생님 도장 받아 갔단 말이에요."

"꼬마야, 나는 지금 어떤 악의도 없다. 나는 네 편이야."

"악마인데 어떻게 악의가 없어요?"

"그럼 너는 학생이라 학구열이 넘치냐?"

"아, 바로 이해되네. 아저씨는 그러니까, 방학인 거죠?"

"방학보다 더 귀한 휴가다. 인간에게도 그렇겠지만 악마에게 휴가는 순간이요, 찰나일지니. 지난 3400년간 일하면서 휴가는 겨우 268년뿐이었다니까. 신이 그렇게 만들었지, 치사하게. 자기는 매주 일요일마다 쉬면서."

"3400년? 268년? 아저씨 몇 살인데요?"

헬렐은 이제야 조금 만족스러워졌다. 악마는 두 팔을 날개처럼 넓게 펼치고 몸을 부풀렸다.

"이 세상을 살았던, 살고 있는, 살게 될 모든 인간의 수명이 나의 나이다!"

"아, 언어는 잘해도 수학은 못하시는구나. 자기 나이도 못 세서 어떡해."

정인이 중얼거렸다. 토라진 악마는 고양이로 변해 한동안 벽을 보고 있었다.

믿기 힘들지만 한때 세상엔 다섯 개의 빵과 두 마리의 물고기로 오천 명을 먹인 성인이 있었다고 한다. 그리고 악마도 있었다. 십자가에 못 박혔다가 사흘 만에 부활한 성인은 배은망덕하게 밥투정이나 하는 인간들을 떠났고, 악마는 땅에 남았다. 그리고 야구와 폐지, 인간과 함께 살았다. 대략 3400년 정도, 어쩌면 그보다 더 오래.

*

"냐아 —"

"이제 기분 좀 풀렸어요?"

"냥."

고양이가 사뿐히 바닥으로 뛰어내렸다. 조금 전 헬렐이 보여 준 쇼는 정말 진풍경이었다. 헬렐의 명령을 받은 쥐와 바퀴벌레들은 일사불란하게 줄 지어 옆집으로 이동했고 거기 이삿짐을 풀었다. 정인이 헬렐의 동물 쇼에 환호하며 박수갈채를 보낸 다음에야 고양이는 기분을 풀었다. 그리고 다시 멀끔한 사내로 돌아왔다.

"진짜 근사했어요. 바퀴벌레랑 쥐가 줄지어 행진하는 건 좀 징그러웠지만."

"앞으로 평생 이 집에서 쥐랑 바퀴 볼 일은 없을 거다."

"모기도요?"

"원한다면."

"당연히 원하죠!"

정인이 엄지손가락을 들어 보이자 악마는 에스파냐의 투우사처럼 우아하게 허리를 숙여 찬사를 받았다.

"그런데 왜 휴가를 이런 데서 보내요? 휴가는 더 근사한 데서 보내야 하지 않나? 방학보다 귀한 휴가라면서요. 태주는 가족 휴가로 반얀트리에 다녀왔다던데."

"반얀트리? 싯다르타가 깨달음을 얻은 지혜와 생명의 나무 아래서 휴가를 즐기다니 아주 고상하군."

"호텔이요, 호텔. 반얀트리는 호텔 이름이에요. 하룻밤에 백만 원이라던데."

"오호라. 거기서 하루 묵으면 진리를 얻나? 백만 원이 깨달음의 값이라면 퍽 저렴한데."

"몰라요. 난 안 가 봤으니까. 난 햄버거 힐에서 시간당 9,160원짜리 한나절을 보내는데 누구는 반얀트리에서 백만 원짜리 밤을 보내요. 아저씨의 휴가가 그렇게 귀하다면 더 비싼 곳에서 쉬어야 하는 거 아니냐고요."

"글쎄, 난 여기서도 충분히 멋진 휴가를 보낼 수 있을 것 같네만. 악마는 가난을 좋아하거든. 그런 말이 있지. '악마는 부잣집에도 찾아가지만 가난한 집에는 두 번 찾아간다.'"

"가난을 좋아한다니 이상하네요. 난 싫은데. 뭐, 잘 아는 사이긴 해요. 가난이 날 좋아하거든요. 내가 어딜 가든 쫓아오는 것 같아요. 나랑 있으면 가난 구경은 실컷 할 수 있을 거예요."

"좋아. 그럼 지금부터 일주일, 놀다 갈 테니 잘 부탁하네, 소년."

"그런데 집에 악마를 들여놓은 걸 알면 할머니가 가만 안 있을 텐데……."

"이봐, 할머니한테 말할 필요는 없어. 그냥 고양이 한 마리를 잠깐 맡게 되었다고 해. 일주일이면 보낼 거라고."

"하지만……."

"어린 친구, 악마가 쉬면 어떨 거 같나? 세상 모든 악의가 부재 중 팻말을 걸어놓고 노닥거리면서 휴식을 취한다면? 인류 역사 3400년간 전쟁이 없었던 날은 268년, 고작 97,820일뿐이었어. 그게 뭘 말하는 것 같아?"

정인의 눈이 휘둥그레졌다.

"그럼 아저씨가 우리 집에 머무는 일주일 동안은……."

"이제야 이야기가 통하는군."

"그러니까, 아저씨는 휴가를 즐기고 야구장에는 비가 오고 세계는 평화롭고."

"그렇지! 어때, 구미가 좀 당겨?"

악마가 손을 내밀었다.

"어쩌라고요? 나 아저씨한테 뭐 줄 것 없어요."

"악수 말이다. 악수! 고대 바빌론에서부터 전해 온 인간의 인사!"

"아아."

정인은 악마의 손을 맞잡았다.

악마의 손은 실크처럼 부드러웠다. 평생 제 손톱보다 무거운 건 들어 본 적 없는 손 같았달까.

"좋아. 계약 성립. 그런 의미에서 패티 하나만 더 구워 보겠나?

적당한 불법과 불량이 가미되어서 그런지 꽤 훌륭한 만찬이디군.
숙박비에 포함해서 청구해. 악마는 절대 잊는 법이 없으니까."

악마가 입맛을 다시며 미소 지었다.

4. 상상

할머니는 해와 함께 나가서 해와 함께 들어온다. 해가 녹진하게 풀어져 노을로 번질 즈음에야 일을 마치는데, 지대가 높은 정인의 집 골목에서 보면 꼭 할머니가 해를 떠메고 오는 것 같다. 하루 내 일한 빚을 리어카에 싣고 끄느라 저리 등이 굽으셨나.

노을을 등진 할머니의 모습은 언제나 어스름한 실루엣이다. 프랑스의 재무 장관이었던 실루엣 씨는 엄청난 구두쇠라서, 윤곽선만 갖추면 초상화가 다 된 것 아니겠냐며 물감조차 아까워했다지. 실루엣 씨랑 할머니가 만나면 죽이 잘 맞을 텐데. 할머니도 늘 '세상에 났으면 밥값을 해야 한다.'는 소리를 입에 달고 사니까. 도대체 밥값이란 건 뭐길래 아끼면 아낄수록 더 버거워지는 걸까? 한 사람이 세상에 나서 먹는 밥값을 다 셈하면 그게 그 사람의 인생값일까?

같은 밥이라도 다 같은 값은 아닐 거야. 누구는 입에 돈을 집어넣고, 누구는 땀을 집어넣고, 또 누구는 폐지를 집어넣잖아. 정인은 밥을 차리며 생각했다.

너는 네 평생에 수고하여야 그 소산을 먹으리라.●

복지관 선생님이 갖다준 라면 상자 겉면에 이런 말이 적혀 있었다. 정인은 한숨을 쉬었다. 오늘 저녁도 라면이다.

"나 혼자 먹어서 미안하네요."

"괜찮아. 패티 두 개 먹었으니까."

정인은 나른하게 몸을 늘어뜨리는 악마를 물끄러미 바라보았다. 길고 낭창한 몸은 우아했고 풍성하고 검은 머리칼과 선명한 금안이 아름다웠다. 창백함과 생명력이 공존하는 모습이다.

"고양이라면 상관없지만 어른 몸으로는 배고프지 않아요? 가정 시간에 배웠는데, 성인 남자 일일 권장 열량은 2,700킬로칼로리래요. 고양이는 얼마나 되는지 모르겠네."

"이봐, 난 악마야. 악마에겐 식욕이 없어. 그 대신 식탐이 있지."

"뭐예요. 똑같은 말 아니에요?"

정인이 라면 국물을 들이켰다. 뜨거운 국물이 속을 넉넉하게 채웠다.

"아니, 달라. 배고픔을 채우기 위해 먹는 게 식욕이라면 먹을 수

● 「창세기」 3장 17절.

44

록 배고파지는 게 식탐이랄까. 한 잔은 너무 많고 천 잔은 너무 적다는 말, 몰라?"

"무슨 셈이 그래요? 아무튼 수학 진짜 못해."

"악마의 셈은 수학이 통하지 않으니. 보이지 않는 손이 산물을 동등하게 분배한다고 주장한 애덤 스미스는 틀렸어. 보이지 않는 손이 있다면 보이지 않는 탐욕도 있다는 걸 알아야지. 탐욕은 모든 등식을 부등식으로 만들거든. 이봐, 소년. 너는 왜 네가 지금 라면을 먹어야 하는지 궁금하지 않나?"

"그거야 쌀 떨어진 지 이틀째고 햇반은 하나밖에 없는데 복지관에서 준 라면은 세 개 남았으니까요. 보통 이즈음에 복지사 선생님이 햇반이랑 라면 박스 가져다주시는데 좀 늦네요."

"*당신이 먹은 것이 무엇인지 말해 달라. 그러면 당신이 어떤 사람인지 말해 주겠다.* 어리고 어리석은 꼬맹이여. 네가 햇반이 언제 올지 궁금해하면서 라면을 끓여 먹는 지금도 프랑스의 미식가들은 오르톨랑 멧새 요리를 먹는단 말이다. 산 채로 브랜디에 담가 죽인 멧새를 오븐에 살짝 구워 내는 거야. 먹을 때는 한입에 넣어 다리부터 통째로 씹어야 해. 고 앙증맞은 폐와 위가 어금니에 뭉개지면서 달콤한 브랜디가 터져 나오는데……."

"으악!"

• 『브리야 사바랭의 미식 예찬』 중에서.

정인이 질겁했다.

"너무 잔인하잖아요!"

"잔인하다마다. 그리하여 그 잔인한 요리를 기꺼이 즐기는 모습을 들키지 않으려고 오르톨랑을 먹을 땐 머리에 흰 천을 뒤집어쓴다. 하지만 그럴 만한 가치가 있는 맛이야. 죄책감과 견주어서 이기는 맛. 그게 바로 식탐이다. 인간에게 살기 위해 먹으라 명한 건 신이지만 쾌락으로 보상한 건 바로 이 몸이니, 악마가 인간에게 준 선물을 기꺼워하라. 원한다면 지금 너한테 그 맛을 보여줄 수도 있다."

"지금요? 어떻게요?"

"간단해. '만약에'라고 상상만 하면 되거든. '만약에 내가 오르톨랑을 먹을 수 있다면?' '만약에, 그 작고 무해한 멧새를 브랜디에 빠뜨려 먹으면?' 어때, 간단하지?"

"……"

"프랑스의 대통령이었던 프랑수아 미테랑은 죽기 전 마지막 만찬으로 오르톨랑을 즐겼어. 『뉴욕 타임스』에서는 '첫맛은 헤이즐넛 같지만, 뼈와 살까지 한꺼번에 먹다 보면 맛의 신세계가 펼쳐진다.'라고 평했고."

"……"

"만약에. 그 한마디면 신세계를 맛볼 수 있다."

정인은 절반쯤 빈 라면 냄비를 한 번, 그리고 제 앞에 앉은 남자를 한 번 보았다. 남자의 금안이 황홀하게 타올랐다. 정인의 입술이 벌어졌다.

"난 그냥 라면 먹을래요."

"······엉?"

"이미 반이나 먹었는데 남기면 설거지하기 힘들어요."

정인은 냄비를 들고 국물째 라면을 들이켰다.

냄비를 깨끗이 비운 뒤 숙제를 집어들었다. 정인이 펜을 배트처럼 휘두르며 숙제라는 타석에 들어서자 헬렌은 깐깐한 코치처럼 훈수를 두었다. 아니, 그걸 그렇게 쓰면 안 되지. 문장이 앞뒤가 안 맞잖아. 그건 사실이 아니야. 거기에 대한 논문도 있다고. 아니, 그냥 나와 봐. 내가 해 줄 테니······. 문제는 악마의 능력치가 대한민국 공교육이 요구하는 수준을 훌쩍 뛰어넘는다는 거였다.

"아니, A4 용지 한 장이면 될 걸, 이건 뭐 책 한 권이잖아요! 세상에 어떤 중학생이 보고서를 이렇게 써요? 선생님이 인터넷에서 보고 그대로 베끼면 빵점이랬는데. 우리 집에 컴퓨터 없다고 해 봤자 안 믿을 거고."

"그것은 그 선생이라는 자가 무지하기 때문이요. 이 보고서가 잘못된 것이 아니라네, 어린 친구. 내가 쓴 보고서는 인류의 지평을 넘어서는 것이라 인터넷이라는 책의 모든 페이지를 뒤져도 찾아볼 수 없어. 무엇에서 비롯한 것이 아닌 그 자체로 순수한 지식이란 말이다. 일찍이 파우스트는 내 덕에 무한한 깨달음을 얻었고 니콜로 파가니니와 프란츠 폰 리스트는 재주를 드높였으며……."

"시끄럽고요. 아, 이걸 언제 줄여……."

"인간이 인터넷을 만들었지만 이제는 인터넷이 인간을 만드는 군. 그래, 인터넷이 필요한가?"

"아예 안 되는 건 아니고 옆집에서 창문 열면 가끔 와이파이 잡혀요. 주민 센터에서 지원해 주는 청소년 요금제는 데이터가 짜거든요."

"국제 우주 정거장도 와이파이가 터지는데 이 집은 안 터진단 말이지. 그러니까 여기는 지상이지만 천상보다 못한 셈이군."

"저 위에도 와이파이가 터진다고요?"

"그래, 우주에도 있지. 와이파이가 원래 전쟁 중에 개발된 건 알고 있나? 인간들이 2차 세계 대전 때 폭탄에 쓰려고 만든 거라고. 한데 천국 것들이란 천상에 전쟁이 없으니까 와이파이도 필요 없다고 생각하거든. 전쟁도 안 터지고 폭탄도 안 터지고 와이파이도 안 터지고, 내 속만 터지지. 아무튼 더럽게 따분한 곳이라니까."

"와이파이가 없는데 그걸 천국이라고 할 수 있어요?"

"이제야 말이 통하네!"

악마가 웃었다. 하지만 정인은 웃지 않았다.

"여기도 와이파이 안 터지는 건 마찬가지인데요, 뭐."

"날 뭐라고 생각하는 거야?"

헬렐이 손가락 끝을 세워 바닥을 두드렸다. 마치 피아노를 연주하듯.

둥 ── 두둥 ──

바닥과 벽이 헬렐의 연주에 맞춰 소리를 냈다. 천장과 전구와 살짝 열린 부엌문과 그 너머 찬장까지, 집 안의 모든 것이 제각각 고개를 흔들고 팔다리를 움직이며 기묘한 주파수를 만들었다. 천천히, 음이 하나로 모이며 조화를 이루었다.

"또 왜 저래."

정인이 한숨을 쉬더니 고개를 흔들었다. 그리고 그 순간.

"내 이 집을 와이파이 존으로 명한다!"

헬렐이 두 팔을 높이 쳐들자 천장의 형광등이 갑자기 꺼졌다가 번개처럼 번쩍 다시 켜졌다.

"……."

"……."

"왜, 아주 여기 나라를 세우지 그러세요."

정인이 피식 웃고는 시계를 확인하려 휴대 전화를 들었다.

"어?"

그러고는 눈을 휘둥그레 뜨고 헬렐을 보았다.

"뭐예요, 이거? 어떻게 한 거예요?"

"왜, 아주 여기 나라도 세워 줘?"

헬렐이 두 손가락을 맞부딪혀 딱, 소리를 냈다. 와이파이 신호 강도가 세 칸으로 튀어 올라갔다.

악마는 음원 사이트를 통해 베토벤 교향곡을 반복해서 들었다. 유료 결제 팝업 창은 악마에게 문제가 아니었다. 프리미엄 서비스의 문턱을 지키는 문지기는 악마 앞에서 맥없이 길을 터 줬다.

"카라얀이 지휘한 게 최고야. 녹음한 장소가 교회라는 건 맘에 안 들지만. 레스토랑이 아니라 셰프가 중요한 법이지."

정인은 휴대 전화로 게임을 했다.

"1타수 1안타, 우어!"

악마가 정인을, 그리고 정인의 시끄러운 휴대 전화를 쳐다보았다.

"리카르도 무티는 공연 중에 관객이 기침을 하자 지휘를 멈췄어."

"삼진!"

"이봐, 소년. 내 말 듣고 있어?"

"그럼 끄시든가요."

"네가 그 게임을 꺼야 한다는 말이다. 지금 내가 베토벤 교향곡에 대해……."

"어? 할머니!"

리어카 끄는 소리에 정인이 휴대 전화를 내려놓았다. 악마건 베토벤이건 카라얀이건 통 듣지를 않던 정인의 귀를 열리게 한 건 그 소리였다.

경기 종료

YOU LOSE

정인이 두고 나간 모바일 야구 게임 화면에 뜬 메시지가 꼭 카라얀과 베토벤, 악마에게 보내는 전언 같아, 헬렐은 고양이로 변하며 헛웃음을 지었다.

"아이고, 빌어먹을 것. 여기도 이러네."

할머니가 리어카를 보며 씨근거렸다. 그러다 정인을 발견한 할머니의 표정이 풀어졌다.

"내 새끼, 밥은 먹었고?"

어떤 작곡가도 감히 담아 내지 못할 다정한 목소리. 정인은 고개를 끄덕이고는 허리를 숙여 할머니의 리어카를 살폈다.

"왜, 리어카 이상해?"

"오른쪽 바큇살만 망가진 줄 알았더니 왼쪽도 그런다. 아까 박 코치가 한 번 봐 줬는데도 그래."

폐짓값이 떨어졌어. 제지 업체에 넘기는 비용이 달려서 어쩔 수가 없네.

"그 양반이 짐 너무 많이 싣고 다니지 말라는데, 폐짓값도 떨어진 마당에 그럴 수가 있나."

코치님이 한 말은 진짜였나 보다. 거짓말인 줄 알았는데.

할머니는 끙끙거리면서 허리를 숙여 리어카를 들여다보았다. 그런다고 고칠 수 있는 것도 아니면서.

"할머니. 나 배달 알바 할까?"

"또 그 소리."

할머니는 허리를 숙인 채 대꾸했다. 리어카를 보며, 정인은 쳐다보지도 않고.

"평생 리어카 끌면서 살 순 없잖아. 오토바이 면허는 열여섯 살이면 딸 수 있어. 배달 알바는 돈도 많이 벌어. 백만 원도 넘게 번대."

"할미 아직 힘 있다. 리어카 수월히 끌어. 할미 죽기 전까지는 너 오토바이 탄다 소리 하지 마라."

"리어카 고장 났다며."

"내일 고물상 가져가서 박 코치한테 한 번 봐 달라고 하면 돼. 아이고, 빌어먹을 것."

"할머니, 밥 먹었어?"

"먹고 왔지."

"뭐 먹었어?"

"박 코치가 술빵 주더라."

쳇. 폐짓값도 박하게 쳐주면서.

"너도 이거 먹어라. 오늘 야구 이겼다고 박 코치 그 양반이 마음 썼어."

"맨날 꼴찌만 하는 팀이 웬일로 이겼대?"

정인은 박 코치가 마음 쓴 것보다 야구 팀이 이겼다는 데 더 놀라워하다가 문득 부끄러워졌다. 다른 사람의 마음 씀씀이를 당연하게 생각하면 안 되는 거 아닐까? 어쩌면 그건 끝내기 홈런보다 더 어려울 수도 있는데. 할머니는 아껴서 남긴 술빵 반 개를 상에 올렸다. 비탈길을 오르는 동안 몸에 눌렸는지 못생기게 짜부라진 술빵이 정인은 자기 마음처럼 느껴졌다.

"근데 웬 괭이?"

"응, 그, 누가 맡아 달래서. 일주일만 데리고 있으려고."

"짐승을 집에 두면 버릇 나빠진다."

그러면서도 할머니는 고양이를 손으로 얼렀다. 할머니의 거친 손이 뒷덜미를 쓰다듬자 헬렌은 고롱고롱 목 긁는 소리를 냈다.

"때깔이 고운 게, 털 빗겨 준 사람이 아끼나 보다."

정인과 할머니는 포슬포슬한 술빵을 달게 뜯어 먹었다. 그건 흰

천을 뒤집어쓰지 않아도, 죄책감과 견주지 않아도 기꺼이 즐길
수 있는 맛이었다.

고양이는 두 사람의 발치에 둥그렇게 몸을 말았다. 숨소리 하나
늘었을 뿐인데 좁은 방의 공기가 더 꽉 차게 느껴졌다. 정인이 어
둠 속에서 눈을 깜빡였다. 어둠 속에서 점 두 개가 빛나다가, 빛을
꺼뜨렸다가, 다시 빛났다.

"할머니."

"오냐."

"만약에."

"웅."

"만약에 말이야."

"으응."

"내가 없었으면 할머니는 더 행복했을까?"

부스럭.

돌아눕는 소리가 났다. 이불 속에서 할머니가 굽은 허리를 곧게
펴는 걸 느낄 수 있었다. 볼 수는 없지만 그냥, 느낄 수 있었다.

"왜 갑자기 그런 소리를 해?"

"그냥, 만약에."

"그런 소리 하지 마라. 그거 인생 망치는 주문이야."

"치. 상상은 해 볼 수 있잖아."

"상상도 지나치면 병이다. 코끼리 뼈를 보고 짐승을 그리는 게 상상이라는 건데, 사람들 상상력이 지나쳐서 만들라는 코끼리는 안 만들고 애먼 귀신을 만들고 요괴도 만들고 그랬지. 그러다 자기가 만든 귀신에 쫓기고 요괴에 잡아먹히고 그러는 거야."

정인은 거대한 밤의 코끼리가 낮을 잡아먹는 모습을 상상했다. 낮을 통째로 삼킨 코끼리는 어린 왕자에 나오는 뱀처럼 탐욕스러워 보였다.

"그럼 악마도 사람의 상상력이 만든 거야?"

"그렇지."

"사람은 왜 그래? 왜 그냥 있는 그대로를 못 봐?"

"사람이 원래 그런 것이다. 네 이름자에도 쓴 사람 인(人) 말이야. 작대기가 두 개잖아. 이런 상상, 저런 상상. 좋은 상상, 나쁜 상상. 상상은 해 볼 수 있지, 사람이니까. 근데 상상을 끝낼 줄도 알아야 한다."

정인은 슬쩍 제 발치를 내려다보았다. 하지만 어둠이 삼킨 발치엔 오직 어둠밖에 보이지 않았다. 고롱고롱하던 고양이의 숨소리조차 어느새 잠잠했다.

잠이나 자자.

정인이는 할머니를 등지고 돌아누웠다. 부스럭, 하는 이불 소리가 유독 크게 들렸다.

"만약에를 백 번 해도 네가 있어야지."

할머니의 목소리가 정인의 등을 감싼다.

할머니도 해 봤던 걸까? '만약에'라는 상상.

"나 없을 땐 어떻게 살았대?"

"그만 자, 이것아. 그렇게 하나하나 따지면서 어떻게 사니."

정인은 눈을 깜빡였다. 그리고 눈을 감았다. 탄산 거품 알갱이 같은 빛이 폭, 터지듯 어둠 속에 묻혔다.

5. 재아

신발장에 주르륵 놓인 아이들의 신발.

나이키 에어 맥스. 미국의 전설적인 농구 선수가 신어서 유명해진 브랜드의 운동화다. 공기 층이 들어 있어 충격을 흡수해 주고, 하늘을 걷는 듯한 기분이 든다고. 그 대단한 운동화도 태주가 함부로 구겨 신는 탓에 뒤축에 주름이 졌다. 그래도 태주의 빳빳한 교복 깃만큼이나 아직 새것 티가 난다. 두 달에 한 번꼴로 운동화를 갈아 치우니 그럴 수밖에.

하얀색 끈을 리본 모양으로 묶은 캔버스화. 반듯하게 놓인 신발은 앞코만 까맣게 닳아 있다. 재아에게 발끝으로 바닥을 찍는 습관이라도 있는 걸까.

그리고 뭐, 옆으로 세 줄이 들어간 슬립온이며 표범이 그려진 러닝화며, 아이들 얼굴과 성격만큼 신발도 다양하다. 고작 걷는데 쓰는 신체 부위를 가리려고 저렇게 많은 신을 만들 필요가 있을까. 정인은 슬쩍 제 신발을 본다. 낡아서 갑피가 덜렁거리기 시작한 자신의 운동화를.

아무도 안 볼 거야. 남의 신발 같은 거 누가 신경 쓰겠어. 정인은 한숨을 푹 쉬고 돌아섰다. 태주 무리는 어제부터 수학여행 이야기로 신나 있었고, 신난 태주와 굳이 마주치고 싶지 않았다. 당분간 점심시간은 주차장 뒤에서 보내는 게 이래저래 편할 터였다.

쓰레기장은 어둡고 축축했다. 정인에겐 익숙한 공기다. 하지만 오늘은 달랐다. 평소와 같은 공기 아래에,

"어? 현정인?"

재아가 쪼그려 앉아 있었다. 정인을 발견한 재아가 고개를 들며 아는 체를 하자 습했던 공기가 햇볕을 쪼인 안개처럼 환하게 녹아 사라졌다.

"어? 어…… 아, 안녕."

"여기서 뭐해?"

"넌?"

"비어 있어서 내 마음대로 써도 될 것 같더라고."

재아가 몸을 일으켰다. 재아 뒤로 부엽토 자루와 모종삽이 보였다.

"네 자리인 줄 알았으면 먼저 물어봤을 텐데. 몰랐어."

"그런 건 아니야."

"그럼 같이 좀 쓰자."

"내 아지트도 아닌데 뭐. 꽃 심는 거야?"

정인이 묻자 재아는 정인이 볼 수 있게 몸을 비켜 주었다.

"꽃도 있고, 이것저것. 흙을 좋아하거든."

"흙?"

정인은 뭔가 더 말하려다 그냥 입을 다물었다. 모든 애들이 재아를 안다. 재아도 애들을 다 안다. 특기생에 모범생에 회장. 수업 끝나기 오 분 전, 카랑카랑한 목소리로 '선생님, 어제 숙제 있었는데요.' 해도 용서가 되는 아이. 그뿐만이 아니다. 재아는…….

"바이올린 켜는 애가 갑자기 웬 흙이냐고 묻고 싶은 거지?"

그래, 재아는 바이올린을 켠다. 학교에 바이올린을 들고 오기도 하는데 그런 날엔 다들 재아 자리 근처에서 뛰지 않으려고 조심한다. 바이올린을 배우지 않아도 바이올린의 몸값이 비싸다는 건 다들 아니까. 음악 시간에 재아가 바이올린의 소리를 들려주기도 했다. 정인은 그저 신기했다. 나무 몸통에 현이랑 활, 그 셋이 만나 소리를 낸다는 게.

지난 예술제 때는 신기함 이상이었다. 바이올린이 헛기침하듯 짧게 소리를 내는 정도가 아니라 아주 노래를 했으니까. 재아가 연주를 했다. 아름다웠다. 소리가 이어져 음악이 되고 이야기가 되었다. 바이올린이 소리를 뿜어낼 때마다 재아의 눈썹이, 뺨이,

어깨가 춤을 추듯 떨렸다. 정인의 마음이 이상하게 산시러웠다. 재아가 연주한 그 소리가, 음악이, 이야기가 궁금했다. 하지만 물어볼 수가 없었다. 재아 자리 근처에서 뛰지 않으려는 아이들처럼, 정인도 그저 조심할 뿐이었다.

"아니, 내가 물어보고 싶은 건,"

그런데 이제야 재아에게 물어볼 기회가 생긴 거다.

"응?"

정인이 되묻자 재아가 눈을 동그랗게 떴다.

"예술제 때 연주한 곡, 이름이 뭐야? 찾아보고 싶은데 이름을 몰라서 못 찾겠더라고."

'이제 집에 와이파이 되니까, 찾아서 실컷 들어야지!'

정인은 생각했다.

"'유모레스크'라는 곡이야."

역시 어려운 이름이다. 예술제 때 분명 소개를 했을 텐데 잊어버린 이유가 있었어.

"'유머 있는'이라는 뜻이래."

하지만 이름을 풀어서 설명해 주자 한결 외우기 쉽다. 그 뜻에는 동의할 수 없지만.

"별로 유머 있게 들리지는 않지만, 이름이 그래."

재아가 변명하듯 덧붙였다.

"그냥 그렇다 치자. 취향은 다양하니까."

꼴등만 하는 야구팀 응원하는 사람도 있고, 가난이 재미있다는 악마도 있는데 그 정도야 뭐. 웃기려고 한 말은 아니었는데 재아가 정인의 말에 살포시 웃었다.

"드보르자크라는 작곡가가 만든 곡인데, 드보르자크는 푸줏간 집 아들이었거든. 도축 자격증도 있었대. 클래식 작곡가 중에서 유일하게."

"그건 좀 유머 있어 보인다."

재아가 다시 웃었다, 이번에는 좀 더 크게.

"엄마는 기왕 무대에 서는 거 더 어려운 곡 하라고 했었지만 난 그게 좋아. 드보르자크는 왠지 나랑 비슷한 것 같아서."

"너랑?"

재아가 고개를 끄덕였다.

"난 바이올린보다 흙이 좋아. 흙냄새가 좋아. 식물을 가꾸고, 알아 가고, 그러면서 친해지는 게 좋아. 이 애들은 바이올린보다 훨씬 친절하거든."

"친절하다고? 식물이?"

"얘네는 내가 관심을 보인 만큼 돌려줘. 그게 고맙고 예뻐. 거기에 비하면 바이올린은 엄청 불친절하지."

특기생에 모범생에 회장일 때 들려주는 카랑카랑한 목소리와 달리, 묻지도 않은 이야기를 하는 재아의 목소리는 한결 낮고 편

안 했다.

"바이올린은 내가 아무리 노력해도 안 될 때가 많거든. 바이올린 현이랑 밀고 당기기를 하면 너무 갑갑하고 아프고……."

재아가 말을 멈추더니 고개를 저었다. 그러더니 다시 말을 이었다.

"아니, 바이올린은 그냥 바이올린이야. 사실 내가 밀고 당기기를 하는 건 바이올린을 할 수밖에 없는 상황일지도 몰라. 이상하잖아. 아플 때까지 견디라고 하면서 아픈 티를 내는 건 안 되고. 죽도록 노력하는데 예민하면 안 되고. 바쁘게 지내면서도 여유로워야 하고."

"그런 사람이 세상에 어디 있다고."

정인은 공감했다. 다른 사람도 아닌 재아랑 공감대가 있다는 건 의외였지만.

재아가 흙 묻은 손을 털더니 정인 앞에 펼쳤다.

"손도 항상 아파."

물집과 굳은살이 박인 손이었다.

"보기 싫지?"

"아냐. 사실 나도 그래."

정인은 재아의 손바닥 앞에 제 손을 펼쳤다. 패티를 데우다 생긴 화상, 폐지를 줍다가 노끈에 쓸린 자국이 있는 손. 바이올린을 연주하는 손과 돈을 버는 손은 묘하게도 닮았다.

시련을 많이 겪은 땅 같아. 이런 땅에도 식물이 자랄까? 관심을 보인 만큼 친절하게 돌려줄까? 재아를 도와 흙을 돋우다 그만 손이 맞닿았다. 괜히 민망해서 얼른 손을 빼냈다. 재아가 정인을 빤히 쳐다보더니 일어났다.

"그럼 괜찮은 거지?"

"뭐가?"

"여기 같이 쓰는 거."

"아, 뭐……. 그래."

"잘 부탁해."

재아가 손을 내밀었다. 정인은 굳은살이 박이고 손톱에 흙이 낀 재아의 손을 맞잡았다. 고대 바빌론에서부터 전해 온 인사를 하기 위해.

"계약 성립."

정인의 손을 잡고 흔드는 재아의 손은 단단했고 악력이 셌다.

"내일 점심시간에 별일 없으면 올래? 모종을 심을까 하는데."

"그래."

점심시간에 교실에 있어 봤자 좋을 게 없는 정인으로서는 반가운 제안이었다.

"아, 나 전에 너 봤어."

양말 아래 까슬까슬한 알맹이와 흙냄새를 남긴 점심시간의 끄트머리에서, 재아가 말했다.

"어?"

"너 학원가 사거리 햄버거 힐에서 알바하지?"

"어⋯⋯."

"다음에 학원 끝나고 햄버거 먹으러 갈게."

"어?"

"나도 그 근처 학원 다니거든."

"어? 그⋯⋯ 그⋯⋯."

'비둘기 고기'라 불리는 유통 기한 지난 패티를 길고양이에게
데워 줄 수는 있겠지만, 재아한테는 좀⋯⋯.

"그 옆에 버거킹 있어!"

"어?"

"햄버거 패티는 족보 있는 가문 게 맛있더라고. 드보르자크도
동의할걸?"

적어도 패티께서 언제 태어났고 언제 죽었는지는 정확히 챙길
테니까.

웃기려고 한 말은 정말 아니었는데, 재아는 또 웃었다. 이번에
는 세상에서 제일 우스운 말을 들은 사람처럼 크게.

6. 선택

"족보 같은 소리."

악마가 발을 굴렀다. 비둘기가 악마를 피해 포드닥 날아올랐다가 제 몸의 무게를 이기지 못해 다시 골목으로 내려왔다. 그러다 정인의 눈치를 살피며 뒤뚱뒤뚱 걸어 모퉁이 저편으로 사라졌다.

"아까는 계약을 아주 쉽게 하던데? 미성년자랑 거래하려면 법정 대리인의 동의가 필요하다면서."

악마가 이죽거렸다.

"보고 있었어요? 남의 점심시간을 왜 훔쳐봐요?"

"훔쳐보기는. 거긴 내 영역이기도 해. 저번에 주차장에서 네가 그랬잖아. 같이 쓰자고."

"그건 아저씨가 고양이일 때 이야기죠."

"고작 한다는 게 쓰레기장에 모종 심는다는 계약이라니."

빈 상자를 줍는 정인의 뒤를 따르며 헬렐이 불퉁거렸다.

"난 네 운명을 바꿔 줄 수 있다니까."

"바꿀 수 있다면 그게 운명이에요? 구청에서 개명 신청하는 것도 아니고."

"바꿀 수 없는 걸 바꿔 줄 수 있으니까 더 대단한 거지!"

"바꿀 수 없는데 바꿔 줄 수 있다는 건 또 뭔 소리야. 그럼 어디 내일 급식이나 바꿔 줘 봐요. 식단표에 운명 지어진 코다리 강정 말고 다른 걸로. 점심시간을 훔쳐보고 있었으니 식단은 잘 알겠죠?"

"이 땅의 말로 '평생소원이 누룽지'라더니. 운명을 바꿀 수 있는 행운을 준다는데 급식 메뉴나 이야기하고. 이봐, 소년."

"왜요?"

"넌 하고 싶은 게 없나? 소원이라든가, 꿈이라든가."

"음…… 많죠, 많아요."

"뭔데? 말해 봐."

"말한다고 이뤄지는 것도 아니고."

"상상은 할 수 있잖아. '만약에'."

"백만 원을 모으고 싶어요."

정인이 바닥에서 주운 골판지를 가방에 쑤셔 넣으며 말했다.

"그리고?"

"일단은 그게 다예요."

안 들어가네, 정인이 중얼거리며 골판지를 가방에서 빼내어 옆구리에 끼웠다. 소원이고 꿈이고, 당장 눈앞의 골판지가 더 중요했다.

"그릇을 보니 아라비아의 지니한테도 삼십만 원씩 세 번 소원 빌 꼴이구먼."

악마가 혀를 찼다.

"삼십만 원씩 세 번 하면 구십만 원인데요. 십만 원이 비잖아요."

정인이 대꾸하자 악마는 더 크게 혀를 찼다.

"아저씨가 이해하세요. 소원도 뭘 알아야 빌죠. 성냥팔이 소녀가 성냥 태워서 끽해야 난로랑 칠면조밖에 못 본 거랑 똑같아요. 아저씨라면 지옥의 유황불을 태워서 오르톨랑을 봤으려나?"

"램프랑 성냥이랑 라이터를 두둑하게 챙겨 줄 테니 한번 생각해 보라고. 백만 원 모아서 하고 싶은 게 있을 거 아니야. 뭘 산다거나."

"글쎄요, 중고 오토바이를 사면 할머니가 리어카에 실어다가 코치님한테 팔아 버릴 거고. '반얀트리'에서 하루를 보내 볼까나."

정인이 킬킬거렸다.

"그런 거 말고, 하고 싶은 게 있긴 해요."

"뭐지?"

"선택. 내가 뭔가를 고르는 거요."

정인이 말했다.

"우리 학교 수학여행 제주도로 가거든요. 2박 3일에 354,260원 든대요. 애들은 숙소가 어떻고, 비행기가 어떻고 불평하는데, 그냥 불평을 하고 싶은 거지 수학여행이 싫은 건 아니거든요. 그치만 난 불평 못 해요. 안 가니까. 숙소가 어떤지, 비행기가 어떤지 알 게 뭐예요."

악마는 경청했다.

"내가 수학여행 안 가는 걸 고른 것처럼 보이지만 사실 보기가 그것밖에 없었던 거예요. 근데요, 가끔은 나도 여러 가지 중에 골라 봤으면 좋겠어요. 아니면 아예 백지에 무언가를 쓰거나. 운동화가 좀 낡았으면 어때요, 고를 수 있을 때 '아, 난 괜찮아요. 새 운동화 없어도 돼요.' 하는 거 되게 멋질 것 같아. 내가 백만 원을 모으고 싶은 건 그래서예요. 그 정도 돈이 있으면 고를 수 있을 것 같거든요."

"돈, 좋지. '화폐의 성질은 나의 성질이며 본질적인 힘이다. 나는 보기 흉한 사람이지만 어떠한 이성의 마음이라도 얻을 수 있다. 따라서 나는 보기 흉하지 않다. 내가 인간으로서 할 수 없고 이룰 수 없는 것이라도 화폐에 의해서라면 할 수가 있다.'[•]"

● 마르크스 『경제학 철학 초고』 중에서.

악마가 말했다.

"인간으로서 할 수 없고 이룰 수 없는 것을 네게 줄게. 인간의 마음, 그걸 선택할 수 있다면 어떨까?"

"우리 지금 백만 원 이야기하던 거 아니었어요?"

"셀 수 있다면 그것은 돈이 아니지. 그걸로는 아무것도 선택 못 해!"

헬렐이 정인의 코앞으로 바짝 다가왔다.

"아까 소녀 말이야. 이름이 재아라고 했나? 그 소녀와 가까워지고 싶지?"

"뭐요?"

"그대가 원한다면 내 숙박비로 그 소녀의 마음을……."

"미쳤어요?"

정인이 뒷걸음쳤다.

"이상한 아저씨야. 숙박은 아저씨가 하는데 왜 숙박비를 재아한테 바라요? 진짜 미쳤나 봐."

악마의 제안이 정인에게는 먹히지 않았다. 그러기에는 정인의 셈이 너무 밝았다.

하지만 악마는 보았다. 아닌 척했지만 흔들리던 정인의 눈동자를. 욕망은 카멜레온 같아서 환경에 따라, 선택지에 따라 금세 모습을 바꾼다. 악마가 뒤죽박죽이고 모호하기 짝이 없는 정인의

욕망을 해석할 때,

'계약 성립.'

정인은 재아가 한 말을 생각하고 있었다. 생각보다 크고 힘 있던 그 애의 손도. 바이올린을 연주하듯 단단하게 잡고 가볍게 흔드는 느낌이 좋았다. 이상하게 마음이 간지러웠다. 재아가 연주했던 그 곡의 이름을 알았는데도 자꾸 더 궁금했다. 더 알고 싶었다.

악마가 미소 지었다.

알라딘은 왜 램프를 훔쳤을까? 공주 때문에?

아니지, 아니지. 욕망은 처음부터 알라딘의 것이었고, 공주는 그저 불을 붙인 것뿐이지. 램프에서 비죽이 튀어나온 심지, 그 반대쪽 끝은 램프 안쪽을 가득 채운 기름에 푹 젖어 있기 마련이니까.

이름에 사람 인(人) 자를 쓰는 저 소년의 마음에 기름이 꽉 차 있냐고?

말해 무엇하겠어.

7. 셈과 답

장프랑수아 밀레가 21세기를 살았다면 '폐지 줍는 사람들'을 그렸을 거다. 그가 허리를 숙인 여인들을 화폭에 담은 1857년 이래 거의 두 세기가 지났지만 세상엔 여전히 허리를 숙이고 뭐라도 주워 보려는 사람들이 많았고, 정인도 그중 하나였다. 열심히 걸었지만 영 만족스럽지 못한 수확이었다. 정인은 수확물을 독수리 둥지에 물어다 주지 않고 그냥 집으로 가져갔다.

"천 원어치 채워서 가져가려고요."

양이 많아 보이지만 돈 천 원도 안 되는 폐지였다. 쌓아 올린 폐지를 바라보는 소년의 눈은 슬퍼 보였다. 헬렐은 깊게 숨을 들이쉬었다. 램프 안쪽에서 기름이 새는 걸까. 고소한 냄새가 났다. 기름 냄새. 헤이즐넛 냄새. 오르톨랑의 냄새.

"백만 원 모으려면 몇 킬로그램을 주워야 하지?"

악마가 물었다.

"넌 어제 아르바이트를 마치고 폐지를 주워 갔지. 오늘 방과 후에도 폐지를 주웠고. 이번 주 금요일은 어떨까? 토요일 오후는? 언제 백만 원을 모으고 언제부터 폐지를 안 줍게 되지? 몇 년, 몇 월, 며칠, 몇 시부터?"

소년은 대답하지 않았다. 하지만 소년은 셈이 빨랐다. 누가 알려 주지 않아도 답을 알기에 더 속이 상했다.

할머니의 수확도 시원찮았다.

"요즘에는 재활용품을 트럭으로 싣고 가더라. 건물주가 따로 모아서 팔기도 하고. 빌어먹을 것."

리어카 왼쪽 바퀴는 여전히 찌그러져 있었다. 바퀴를 들여다보던 할머니가 허리를 세우며 끙, 소리를 냈다.

"할머니."

"응?"

"나 키 커서 사람들이 고등학생인 줄 알아."

"너희 엄마 키가 커서 너도 크려나 보다."

"그게 아니라, 할머니."

"응?"

"나 배달 알바 하면 안 돼?"

"……."

"우리 가게 배달하는 형이 그러는데, 소개로 가면 서류 없이도 할 수 있다고……."

"오토바이는 안 된다고 했다."

"……."

"할미 아직 괜찮다. 힘 있어. 너 오토바이 안 태워도 졸업하고 대학까지 보낼 수 있어."

할머니가 또 허리를 세웠다. 하지만 이제는 그마저도 힘이 드는지, 끙 소리를 내며 다시 바닥으로 가라앉았다.

할머니는 정말 모르는 걸까, 아니면 모르는 척하는 걸까? 나는 누가 알려 주지 않아도 바로 셈이 나오는데. 정인이 원망스럽게 할머니를 바라보다 고개를 돌렸다. 그러다 방 한쪽을 차지하고 앉은 고양이와 눈이 마주쳤다. 고양이의 금안이 반짝 빛났다.

8. 몽마

고양이가 귀를 쫑긋거렸다. 정인과 할머니의 숨이, 심장 박동이, 혈관의 맥박이 느껴졌다. 살아 있는 자만 연주할 수 있는 오케스트라였다. 불현듯 고양이가 쫑긋거림을 멈추고 귀를 한껏 뒤로 젖혔다. 창틈으로 비추던 창백한 달빛이 물에 녹듯 어둠에 풀어졌다. 어둠은 넘실넘실 차올라 손때가 탄 벽지와 아귀가 맞지 않는 부엌문, 책상 겸 밥상으로 쓰는 접이식 상까지 집어삼켰다. 금색의 두 눈동자만 묘지에 세워 둔 호롱처럼 밝았다. 어둠도 감히 그 눈을 덮치지는 못했다.

차오르는 물속에서 몸이 떠오르듯, 정인의 몸이 이불 위로 떠올랐다. 어느 틈으로 들어왔는지 검은 안개가 곰팡이처럼 스멀스멀 정인을 감쌌다. 안개 위에 늘어진 정인이 허공에서 빙글빙글 돌았다.

캬— 고양이가 하악질을 하자 안개가 가셨다. 공중에서 원을 그리며 돌던 정인의 몸이 멈췄다.

"어쩐 일이냐."

그리고 거기, 그림자가 있었다. 어둠보다 더 짙은 그림자는 어둠으로도 가려지지 않았다.

"존엄하신 헬렐 님께서 어찌 여기……."

박쥐 날개와 조그마한 뿔을 가진 소녀였다. 소녀가 금안의 남자에게 머리를 조아렸다.

"어쩐 일이냐고 물었다."

"몽마가 어쩐 일이겠습니까."

소녀는 고개를 숙인 채 씩 웃었다. 가느다란 입술 사이로 날 선 송곳니가 드러났고, 말의 마디마디에선 검은 안개가 피어났다.

"군침 돌게 하는 향에 홀려서 왔을 뿐, 헬렐 님께서 계신 줄은 몰랐습니다. 이 도시의 인간들은 어째 잠도 안 자는지. 삶에 악몽이 끼어들 여유조차 없어 내내 소돔의 사과*만 먹었지요. 헌데……."

반듯이 누운 채 떠오른 정인의 몸에서 악몽이 몽글몽글 솟아올랐다. 소녀가 길게 숨을 들이쉬고는 입맛을 다셨다.

• 소돔이라는 곳에서 나는 사과는 겉보기에는 아름다우나 재의 맛만 난다고 전해진다.

"간식거리로나 삼을 멧새인 줄 알았더니 오르톨랑 삼이네요."

"내려놓고 꺼져라."

"네, 네. 저 같은 미물은 재 맛 나는 사과로 만족해야죠. 그럼, 즐거운 식사 되시길."

소녀, 아니, 몽마는 야릇한 미소와 함께 어둠 속으로 스며들었다. 몽마가 사라진 어둠 속에서 정인이 이불 위로 사뿐히 떨어졌다. 마치 누군가 두 팔로 조심스레 안아 눕히듯.

"싫어……."

곧 가냘픈 목소리가 들렸다.

"싫어. 가지 마……."

고양이가 소년에게 다가갔다. 소년의 이마가 땀에 젖어 있었다. 고양이는 고개를 숙여 소년의 이마를 핥았다.

"엄마, 가지 마……."

"엄마 이제 가야 해."

엄마가 아이의 손에서 헬멧을 빼냈다.

"엄마가 돈 벌어야 우리 정인이 먹여 살리지."

"아이고, 됐다. 애 하나 먹으면 얼마나 먹는다고."

"먹으면 얼마나 먹는다고!"

할머니가 말했고, 어린 정인이 반복했고, 엄마는 웃었다.

"정인이가 얼마나 잘 먹는데! 차린 거 없어도 얼마나 잘 먹는지

애 먹는 거 보면 나까지 배고파진다니까. 나 닮아서 키 크려나 봐. 대리점에 우유 남으면 좀 받아 와야겠어."

할머니는 혀를 차면서도 내심 자랑스러운 표정으로 엄마를 보았다. 키가 크고 자세가 곧아서 엄마는 뭘 입어도 맞춤복을 입은 것 같았다. 우유 대리점 유니폼까지도. 엄마는 씩 웃더니 헬멧을 머리에 썼다.

"오토바이 험하게 몰지 말고! 도로 사이사이 재주 부리듯 타는 사람들 보면 불안해 죽겠다. 도로가 안 그래도 위험한 곳인데."

"오토바이가 아니라 스쿠터! 그리고 재주 부리듯 험하게 몰면 리어카나 오토바이나 스쿠터나 다 똑같거든요? 난 재주도 안 부리고 헬멧도 항상 써."

엄마는 헬멧을 정인의 이마에 가볍게 맞대고는 돌아섰다.

"엄마 밥값 하고 올게!"

정인은 사진 속 엄마를 보며 고개를 갸웃하다가 물었다.

"할머니, 엄마는 밥 안 먹어?"

정인과 할머니와 육개장으로 차린 저녁까지 — 다 갖춰졌는데 엄마만 없었다.

"이게 엄마랑 마지막으로 밥 먹는 거다. 그러니까 꼭꼭 씹어 삼키고, 마음에 안 얹히게 인사해라. 소화를 잘 시켜야 보내 줄 수 있는 거야. 끼니도, 사람도."

할머니의 말을 다 이해할 수는 없었지만 정인은 고개를 끄덕였다. 비닐이 깔린 상 위에 차린 음식은 부실했지만 정인은 달게 먹었다. 굳이 장례까지 치를 필요가 있냐며 훈수를 두는 사람들에게 할머니가 아쉬운 말로 돈을 빌렸다는 걸 그때의 정인은 몰랐다. 검은 정장을 입은 장례 지도사가 정인과 할머니 곁으로 다가와 섰다.

"운구할 사람이 없으면 용역 추가 가능해요. 그 대신 인건비가 붙고요."

"사람이 왜 없어. 그거 하려고 사흘 기다린 건데. 나랑 손주가 하면 되지."

"여자는 못 해요. 그리고 손주는……"

장례 지도사가 정인을 보더니 고개를 저었다.

"한 십 년은 더 있어야겠네요."

그게 꼭 십 년 전이다. 육개장 건더기를 오물오물 씹던 꼬마는 키가 훌쩍 자라 십 년 전 엄마를 넘어섰다. 자고 일어날 때마다 팔과 다리가 훅훅 길어지는 듯했다. 몸은 급하게 크는데 안쪽은 옹골차게 차오르질 못하고 비었는지, 정인은 눈동자가 깊고 말이 없는 아이로 자랐다. 하지만 그 휑한 안쪽에선 분명 고소하고 달콤한 냄새가 났다. 급하게 철들며 포기해야 했을 욕심들이 소년 안에서 뭉근하게 숙성되었기에. 너무 일찍 밥값의 무게를 알아버린 어린 눈에 비친 세상은 소년의 영혼에 풍미를 더해 주었고. 소년이 곱씹어 삼킨 외로움은 근사한 고명이 되었다.

　고양이는 소년의 어깨와 목 사이, 움푹 들어간 곳에 얼굴을 갖다 댔다. 그러곤 동그랗게 몸을 말았다. 곧 소년의 숨소리가 잦아들었다. 다시 깊은 잠에 빠진 듯, 안정된 숨이 느껴졌다. 고양이가 입맛을 다셨다. 그래 봤자 유약한 영혼일 뿐, 얼마나 버티겠어. 몽마의 말이 맞았다. 외로움과 무력함, 두려움이 뒤섞인 소년의 악몽은 오르톨랑보다 달았다. 푹 숙성시켜 구워 내면 맛이 좋을 것이다.

9. 행운

"안 돼요."

"왜?"

"와서 뭐 하려고요."

"그냥 햇볕 좀 쬐려는 거야. 고양이는 햇볕을 좋아하니까."

"여기서 쬐면 되잖아요."

"여긴 볕이 잘 안 들어."

정인이 입을 다물었다. 악마의 말이 맞았다. 정인의 집은 창이 작아서 볕이 옹색했다. 정인이 가방을 챙기자 악마는 고양이로 변해 정인의 뒤에 따라붙었다. 운동화를 꿰어 신은 정인이 악마를 향해 돌아섰다.

"저번처럼 훔쳐보지 마요."

"냐아옹."

촉촉한 눈으로 아양을 떠는 고양이를 보며 정인은 한숨을 푹 쉬었다.

"선생님 눈에 띄지 마요. 애들 눈에도 띄지 말고. 아니, 그냥 내 눈에도 띄지 마. 알겠죠?"

"냥."

고양이가 꼬리를 흔들었다. 점찍어 놓은 멧새를 애먼 몽마한테 뺏길 뻔했는데 아무렴, 누구 눈에도 안 띄게 잘 지켜야지.

그날은 정인에게 좀 이상한 하루였다. 그러니까, 완벽한 하루였다. 너무 완벽해서 이상한. 행운 위에 행운이, 또 그 위에 행운이, 그 위에 또 행운이, 생크림처럼 덧발라진 하루.

체육 시간, 야구공은 정인의 배트에 스치기만 해도 족족 담장을 넘겼다. 아니, 배트가 스치기도 전에 공이 알아서 비상하는 것 같았다. 자유 의지를 갖고 날아오르는 공 덕분에 정인은 어리둥절한 채로 홈런왕이 되었다. '왕자와 거지'의 거지 왕자가 이런 기분이었을까.

미술 시간에는 점토로 작품을 만들었다.

"와, 이거 〈피에타〉 아니니? 바티칸에 있는 거."

선생님이 감탄했다.

"…… 네?"

자기가 뭘 만드는 줄도 모른 채 넋 놓고 있던 정인은 그제야 제 손 아래 점토 작품을 보았다. 중학교 미술 시간에 나올 만한 작품이 아니라는 건 확실했다.

백미는 영어 시간이었다. 올드 팝 가사를 해석하고 빈칸을 채워야 했다. 머리에 하얀 수건을 두르고 창문에 걸터 앉은 여자가 기타를 치며 부르는 노래를 반복해서 들었다.

"층간 소음으로 신고당하기 딱 좋겠네."

애들이 빈정거리며 낄낄대는 중에도, 이상하게 노래 한 소절 한 소절이 꼭 한국어처럼 정인의 귀에 박혔다. 써지기는 또 얼마나 잘 써지던지, 따라 부르는 마디 마디는 또 얼마나 입에 착 붙던지.

"와우, 정인! 유 디드 그레잇!"

넋 놓고 정인을 바라보는 아이들보다 더 황당한 건 정인이었다.

"An idle mind is the devil's workshop. 게으른 마음엔 악마가 깃든다. 다들 봐, 정인이는 열심히 하니까 저렇게 실력이 좋아지잖아. 너희들 본받아야 해."

'열심히? 내가 뭘 열심히 했지?'

영어 선생님의 말을 듣던 정인의 머릿속에 퍼뜩, 한 마리 고양이가 사뿐히 떠올랐다.

나는 모든 언어로 말할 수 있다. 바빌론 시대 이전 태초의 언어부터. 원한다면 네게도 몇 개의 언어를 선물하겠다. 내게는 다 한

가지 말일지니.

'이 악마가 진짜!'

"다음 부분은 제가 읽어 보겠습니다."

칭찬을 받는 정인을 보던 태주가 번쩍 손을 들었다.

"그래, 다음 장은 태주가 읽어 보자."

사실 영어 시간의 스타는 원래 태주였다. 방학마다 해외 어학연수를 가는 태주는 원어민 선생님과 친구처럼 대화를 주고받곤 했다. 그런데 일어선 태주의 표정이 좋지 않았다. 정인이 1절 해석을 마쳤으니 2절부터 읽을 차례였다.

"투…… 어, 어, 드, 드, 드리프……"

태주가 가사를 읽었다. 아니, 읽으려고 했다. 최선의 노력을 다하는 것 같았지만 마음처럼 말이 잘 나오지 않는 듯했다. 태주의 얼굴이 파랗게 질렸다.

"태주야, 왜 그래? 어디 안 좋아?"

"서, 선생님. 이상해요……"

태주가 프린트물을 떨어뜨렸다.

"글씨가, 막, 글씨처럼 안 보이고…….."

자리에 주저앉은 태주가 바들바들 떨었다. 그러더니 곧 이상한 말을 쏟아 냈다. 영어도 한국어도 아닌, 알아들을 수 없는 말이었다. 하지만 정인의 귀에는 늘렸다.

'이상해요. 글자가 이상하게 보여요. 글씨가 안 보여요. 말이 이
상해요. 이상해요.'

헬렐, 그만해.

방언을 쏟아 내던 태주가 의자 위로 축 늘어졌다. 점점 커지는
아이들의 웅성거림을 끊어 내며 정인이 자리에서 벌떡 일어났다.

"선생님, 제가 보건실에 데려다주고 올게요."

정인이 감싼 태주의 몸이 바들바들 떨리는 게 느껴졌다. 비릿
한 땀 냄새가 났다. 평소의 태주라면 자존심 상해서라도 정인에
게 기대지 않을 텐데. 정인은 고분고분 자신에게 몸을 맡긴 태주
가 걱정되기도 했고, 무섭기도 했다. 하지만 걱정스러움과 무서
움 아래, 아주 깊숙한 곳에서…… 고소한 냄새가 났다. 정인이 느
끼지 못할 정도로 아주 미약했지만 그래도 고소했다. 헤이즐넛의
향, 오르톨랑의 풍미.

그날 태주는 조퇴를 했다. 점심시간에 빈정거림을 듣지 않아도
되다니, 정인에게는 좀 이상한 하루였다. 그걸 행운이라고 해도
될지 모르겠지만…….

"어, 왔어? 장갑 낄래? 난 안 끼고 하는 게 편한데 끼려면 껴."

재아는 정인을 쳐다보지도 않고 말했다. 말하는 자세만 보면 한 십 년 같이 일한 일꾼을 대하는 것 같았다. 아마 드보르자크가 왔어도 재아는 저랬을 거다.

'왔어요? 장갑 끼려면 끼고요.'

그 모습을 상상하자 웃음이 나왔다. 오늘 재아는 작정한 듯 교복 치마 아래 체육복 바지를 껴입은 채였다. 종아리까지 걷어 올린 체육복 차림에 모종삽까지 들고 있으니 영락없는 농부다. 평소의 단정한 모습과는 다르지만 그 모습이 재아한테 더 잘 어울리는 것 같았다.

"얘 이름은 달개비야."

흙냄새가 났다. 풀 냄새도 났다. 마음에 낀 기름기를 씻어 내듯 싱그러웠다.

"밭이나 길이나 쓰레기장이나, 아무 데서나 잘 자라. 땅도 안 가리고 응달도 안 가려. 무던하고, 까다롭지 않고. 그런데 꽃은 너무 짧게 피어. 하루면 시들어 버리거든. 그래서 꽃말도 '짧은 즐거움'인가 봐."

정인은 아직 잎만 무성한 모종을 보며 고개를 끄덕였다. 하루짜리 즐거움조차 아직은 모를 잎과 줄기지만 싱그러웠다. 이름을 몰랐다면 이렇게 다정히 바라볼 수 없었겠지.

"이건 뭐야? 대파같이 생겼는데."

"아, 이건 꽃무릇이야. 아직 꽃은 안 피었지만 얘도 응달이든 양달이든 아무 데서나 잘 자라서 학교 화단에 많이 심어. 근데 별명을 알면 놀랄걸."

"뭔데?"

"지옥화. 지옥에 피는 꽃. 이게 향기도 없고, 뿌리에 독이 있거든."

"'지옥에 피는 꽃'을 학교 화단에 심는다고?"

"응. 웃기지?"

재아가 웃었다. 재아가 더 크게 웃었으면 좋겠다고 정인은 생각했다.

"잘 어울리네. 꽃도 필 자리를 정확하게 알아보는구나."

재아가 더 크게 웃었다. 고맙게도.

"꽃말은 그래도 점잖은 편이야."

"뭔데?"

"색깔이 여러 가지라서, 색마다 다르긴 한데 빨간색이 제일 흔해. 꽃말은, '잃어버린 기억'."

꽃이 이렇게 수다쟁이였을 줄이야. 봐 주는 사람 없이 응달에서 피우는 꽃도 저마다 할 말들이 있다는 게 신기했다. 그걸 죄 귀 기울여 들어 주는 아이가 있다는 건 더 신기했다. 햇볕 같은 아이가 그늘을 알아준다는 게.

"어? 클로버다."

"네 잎 클로버야?"

재아가 반색을 했다. 하도 반가워하기에 정인도 슬쩍 보았지만 평범한 세 잎 클로버였다.

"네 잎이 아니어도 대단해. 클로버는 햇볕을 많이 받아야 하거든. 햇볕이 없으면 위로만 가늘게 웃자라. 근데 얘는 응달에서도 이렇게 자랐잖아."

재아는 그 작은 풀이 기특한지 흙을 돋워 주고는 속삭였다.

"꼭 꽃을 피워."

재아의 말에 응답이라도 하듯, 바람이 정인과 재아의 이마를 쓸고 지나갔다. 땀이 배어 나온 살갗에 닿는 공기가 달았다. 재아가 깊게 숨을 들이쉬었다.

"맡아져?"

재아가 말했다.

"응?"

"계수나무 냄새. 저기 주차장 쪽에 있어."

"동요에 나오는 그 계수나무?"

"응. 달에 산다는 그 나무. 계수나무는 잎에서 솜사탕 냄새가 난대. 아, 지금…… 맡아 봐."

바람이 재아의 머리칼을 쓸고 지나갔다. 틀어 올려 묶은 재아의 머리카락 한 줄기가 바람에 흩어져 정인의 뺨을 간지럽혔다.

……솜사탕 냄새.

멀리서 종이 울렸다. 사랑에 빠지면 귓속에서 종소리가 들린다고 누가 그랬는데. 귓속이 아니라 학교 방송실에서 울리는 종이었다. 점심시간이 끝났음을 알리는 종. 매일 듣는 소리인데도 묘하게 달리 들렸다. 종소리에도 누가 설탕을 뿌린 걸까.

"태주는 괜찮겠지? 아까는 왜 그런 걸까?"

뜨끔.

재아의 말이 정인을 흙냄새와 솜사탕 냄새에서 끄집어냈다.

"보건 선생님은 괜찮다고 했다는데, 태주 말로는 갑자기 프린트물이 이상하게 보였대. 텅 빈 백지로 보였다가, 아랍 문자 같은 게 꼬부랑거리면서 기어 다니는 것처럼 보였다가, 그러다 무슨 소리가 들렸다는 거야."

"무슨 소리?"

"고양이 울음소리, 사람들 웃는 소리, 발소리, 손톱으로 뭘 긁는 소리, 그러다 막 '넌 안 돼, 넌 안 돼' 이렇게 말하는 남자 목소리가 들렸대. 환청처럼."

그래, 남자 목소리가 들렸겠지. 세상의 모든 언어로 말하는. 고양이 울음소리도 들렸겠지. 유통기한 지난 패티도 잘 먹는 고양이 소리가.

"스트레스가 심했나 보네, 태주가."

"응. 보건 선생님도 스트레스 때문인 것 같다고 하셨대."

"……."

"난 환청 같은 걸 들은 적은 없지만 알 것 같아. 매일 듣거든. 뭐든 잘해야 한다, 뛰어나야 한다. 공부도, 바이올린도."

"……."

"사실 학생회보다 원예부에 들고 싶었는데."

"……."

"아, 미안. 나만 너무 떠들었지?"

"아니야."

"다른 애들한테는 안 하는 이야기도 너한테는 막 하게 되네. 사실 같은 반 되고 지금까지 말을 많이 한 사이도 아닌데."

재아가 정인을 보았다. 정인도 재아를 보았다. 정인과 재아, 재아와 정인 — . 마주보는 두 사람은 너무 달랐다. 지금이야 같은 학교 같은 반이라는 이름으로 섞여 있지만 세상이라는 체가 한 번 거르고 나면 언제 그랬냐는 듯 분리되어 '아, 맞아. 그런 애가 있었지. 지금은 어떻게 지내려나' 하는 생각쯤으로만 흐릿하게 남을 사이. 하지만…….

"수업 늦겠다."

재아가 손을 탈탈 털고 앞서 나갔다.

"난 오늘도 나중만큼 중요하다고 생각해."

정인이 말했다. 재아가 멈춰 섰다.

"나중에 어떻게 살 거냐고, 그렇게 걱정하는 것도 맞아. 얼마 전에 누가 나한테도 비슷한 말을 했거든. 어제, 오늘, 이번 주 금요일, 토요일 오후, 몇 년, 몇 월, 며칠, 몇 시…… . 너는 언제 짠, 하고 달라지는 거냐고. 그걸 알면 달력에 동그라미 치고 알람 설정도 해 놓겠지. 근데 그런 게 아니잖아. 그러니까 내 말은, 오늘을 즐겁게 사는 것도 나중만큼 중요하다는 거야."

정인이 이어 말했다.

"난 네 이야기 들어서 좋았어."

"……."

"그리고 체육복, 너한테 되게 잘 어울려. 맨손으로 흙 만지는 것도."

말을 마친 정인이 재아를 앞서 나갔다. 흙냄새, 풀 냄새, 솜사탕 냄새가 났다. 재아는 잠깐 그 냄새와 정인의 말을 버무리듯 그 자리에 서 있다가 정인을 따라 교실로 들어갔다.

주차장 담벼락 너머로 그 모습을 지켜보던 검은 고양이 한 마리가 훌쩍 뛰어내려 건물을 가로질러 사라졌다.

"햇볕만 쬔다면서요."

"'빛이 있으라' 하니 땅 위의 것들이 보이는 걸 어떡하나."

"보이면 그냥 그런가 보다 하면 될 걸…… 아, 골판지다, 그거 주워요."

"그러는 너도 골판지 보이면 주우면서…… 이게 바로 그 '보이면 그냥 그런가 보다' 하는 거냐?"

"이건 먹고살려고 하는 거고요."

"나도 마찬가지라고."

악마는 투덜거리면서도 고분고분 골판지를 주웠다. 아니, 주웠다기보다는 골판지가 저절로 떠올라 악마 곁에서 궤도를 그리며 맴돈 거였지만. 지구를 도는 달처럼.

"점심시간에는 분위기 좋던데?"

"그것도 훔쳐봤어요?"

"보이길래 '그런가 보다' 하면서 봤다."

"아, 진짜……."

정인이 폐지를 잡지 않은 손으로 이마를 짚었다.

"재아라는 소녀랑 가까워지고 싶지?"

"걔랑 말도 몇 마디 안 했는데 무슨 소리예요."

"음식의 풍미를 결정하는 냄새 분자는 0.01퍼센트. 인간이 사랑에 빠지는 데 걸리는 시간은 0.2초. 아주 미세한 양, 찰나의 순간이 모든 걸 사로잡기도 하는 법이야."

"아는 게 많아서 먹고 싶은 것도 많으시겠어요."

"자기가 뭘 먹고 싶은지조차 모르는 너보다야 많지. 너는 자기 마음조차 모르고 있군. 인간만큼 자기 마음을 모르는 존재가 또 있을까. 인간은 자기 마음이 제 것인 줄 알지. 그렇다면 그 많은 심리 테스트에, 궁합에, 사주팔자는 도대체 왜 있겠어? 심리학이 니, 꿈의 해석이니, 제 것이라고 박박 우기고는 돌아서서 하는 꼴 보면 아주 웃기지도 않는다니까. 닥터 지그문트 헬렌 프로이트께 서 네 꿈을 해석해 줄게! 넌 그 소녀와 비밀을 나누고, 소녀가 무 너지는 순간 어깨를 내어 주고 싶지."

"전 지금 아저씨가 어깨를 내어 주면 좋겠는데. 이거 무너질 것 같거든요."

정인이 노끈으로 묶은 폐지 더미를 아슬아슬하게 붙잡고서 말 했다. 악마가 손짓하자 폐지 더미는 마치 주문에 걸린 듯 일자로 뻣뻣하게 섰다.

"감사합니다."

"자, 그럼 다시 그 소녀 이야기로 돌아가자고. 널 그 소녀가 원 하는 이상형으로 만들어 줄 수 있어. 알라딘이 공주의 마음을 얻 기 위해 그랬듯."

악마가 손가락을 튕기자 악마 주위를 맴돌던 골판지가 척척 접 혀 모양을 만들더니 곱슬머리가 풍성한 다비드로 변했다.

"나는 너를 왕으로 만들어 줄 수 있다!"

"아, 좀. 골판지 구기지 마세요."

정인이의 말에 골판지 다비드가 풀 죽은 듯 늘어졌다. 정인은 늘어진 골판지를 잘 펴서 노끈 아래에 쑤셔 넣었다.

"솜씨가 아주 좋으시네요. 방금 건 진짜 같았어요."

"악은 손끝이 섬세하니까. 바닷물을 반으로 가르는 거대한 이 벤트성 기적은 보기에만 그럴듯하지, 정말로 효과가 있는 건 사소한 섬세함이거든. 그럴듯하게 모사해서 삶에 녹아드는 거 말이야. 환경 호르몬이나 미세먼지, 미세 플라스틱처럼."

"문제는 환경 호르몬이든 미세먼지든 박 코치님이 무조건 킬로에 150원씩 쳐준다는 거예요. 아, 플라스틱은 좀 더 받겠네. 그래도 티끌 모아 티끌이에요."

"그거 내가 손봐 줄 수 있는데. 킬로당 백만 원씩 받아 줄 수도 있어. 그 양반은 자기가 150원씩 쳐준 줄 알 거다. 이른바 '악마의 계산법'이라는 거야. 에이브러햄한테는 안 먹혔지만, 굳이 다시 계산해서 돌려주는 건 이해가 안 되는군."

에이브러햄은 밤길을 달려 손님의 거스름돈 6센트를 돌려주었어요. 사람들은 이 소년을 정직한 에이브라고 불렀어요.

정인의 주먹에 힘이 들어갔다.

언제까지 할 생각이냐, 이거?
너도 슬슬 다른 일을 찾는 게 좋을 거다, 미안하다.

오늘 야구 이겼다고 박 코치 그 양반이 마음 썼어.

하지만 곧 힘이 풀렸다. 할머니의 허리가 풀어지듯.

"코치님은 야구 경기 보면서 욕을 많이 하긴 해도 좋은 사람이에요. 폐짓값을 후하게 쳐준 건 코치님의 호의였지 내 권리가 아니었어요. 그거 때문에 잠깐 화도 났지만……. 코치님은 한 번도 날 속인 적 없어요. 할머니랑 폐지 주워 먹고사는 어린애, 등쳐 먹을 수도 있었는데. 그런 사람을 속이고 싶지는 않아요."

"어차피 모를 거야. 이글스 모자 아래 그 머리는 셈이 틀린 걸 절대 모를 거라고."

"내가 알잖아요."

"네가 뭘 아는데?"

"……."

"그냥 모른 척 눈을 감아. 다들 그렇게 사니까."

정인은 대답하지 않았다. 그러자 악마가 재촉했다.

"이봐, 어렵게 생각하지 말라고. '만약에'. 그 한마디면 된다니까."

"만약에. 만약에. 만약에."

정인이 말했다.

"만약에 내가 돈이 많다면, 만약에 내가 잘생겼다면, 만약에 내가 왕이라면 그 애가 날 좋아해 줄까요?"

"왕은 미워할 수 없지. 선택할 수 있는 문제가 아니니까."

"미워할 수 없다는 게 좋아하는 거랑 같은 거예요?"

"……."

사소한 섬세함을 자랑하던 악마는 잠깐이지만 말이 없어졌다.

"하긴. 그게 뭐 중요하겠어요. 어차피 난 왕이 아니잖아요. 그래도 오늘은 정말 좋았어요. 그전까지는 늘 투명 인간이었는데. 눈에 안 띄는 게 편하다고 생각했었는데. 내가 주인공이 되는 건 와이파이 존에서나 가능한 일인 줄 알았거든요. 그러니까 게임할 때요. 그런데 그것도 아저씨가 해 준 거네."

끙차. 정인은 노끈으로 묶은 폐지 더미를 등에 짊어졌다.

"그치만 이제 됐어요. 알아요, 나 바보인 거. 그래도,"

정인은 왕처럼 미소 지었다.

"할머니가 그랬어요. 세상엔 '만약에'가 안 통하는 것도 있다고. 선택의 여지가 없는 것, 나한테 중요한 건 그거예요."

"……."

"그러니까 난 괜찮아요."

"……."

"태주한테 해코지하지도 마시고요."

"그게 무슨 해코지야. 〈엑소시스트〉에서 한 게 해코지지. 내가 오늘 한 건 그냥 장난이다, 악의 없는 장난."

"악의가 없었다고요?"

"브리지 자세로 걷게 하지도 않았잖아! 해 볼까 했는데 그 애 코어가 너무 약해서 안 되겠더라고. 요즘 애들은 앉아만 있으니까 약해 빠져서……."

"이거 봐, 생각은 했네. 태주한테 도대체 뭘 한 거예요?"

"말을 좀 비볐을 뿐이야. 잘게 썰어서. 악마는 모든 언어로 말할 수 있고, 또 인간의 언어를 수만 갈래로 찢어 놓을 수도 있으니까. 너희가 쓰는 나랏말씀은 중국과 다르고 영국과 다르고 고대 로마와도 다르니 그걸 좀 비벼 놓으면 혼돈이 오지. 바벨* 말이야. 고소하지 않았어?"

정인은 헬렐에게 답할 말을 찾기 위해 잠깐 고민했다.

"아주 솔직히 말하면 맞아요. 고소했어요. 하지만 됐어. 싫어요."

"싫다고? 고소한데 싫어? 그게 도대체 무슨 말이야?"

"말이 좋지 그냥 괴롭히는 거잖아요."

"그럼 그 애가 한 짓은? 죄의 대가는 뭘로 치르지?"

"에이. 그게 중요한가요? 눈에는 눈 하다간 온 세상 눈이 다 멀 텐데."

"함무라비가 들으면 서운하겠군."

"그건 또 누구예요?"

---

* 「창세기」에 등장하는 도시. 히브리어로 '혼돈'이라는 뜻이다.

"있어. 눈알 수집가."

"멧새 요리에, 눈알 수집에, 뭐가 그렇게 잔인해요?"

"이게 세상이야, 소년. 세상은 미움을 먹고 잔인함을 열매로 맺지. 인간은 그 열매로 술을 담그고. 괴롭다면 조금 취한 채로 사는 것도 괜찮아."

"아뇨."

정인이 픽 웃었다.

"나는 가끔 할머니도 미워요. 할머니도 가끔 나를 미워하고요. 하지만 그런다고 할머니한테 화내고 싶지는 않아요. 그렇게 내 주변 사람들을 다 원망하다 보면 나중에 남는 건 나 하나뿐이겠죠."

"흐음."

"그럼, 그땐 내가 날 원망해야 하나요?"

악마는 대답 대신 그저 어깨를 으쓱해 보였다. 못할 것도 없지만 말해 무엇하겠어.

"정말 날 도와주고 싶으면 이거나 좀 들어 줘요. 생각보다 무겁네."

생각보다 더 강적이야. 헬렐은 적의 짐을 나눠 들었다. 적에게 어깨를 빌려주는 건 언제나 좋은 전략이지.

"물어봐 준 건 고마워요."

"……."

"누가 나한테 '하고 싶지?'라고 물어봐 준 거 처음이거든요. 내가 뭘 고르고 선택할 수 있다는 거, 그거 진짜 좋네요."

정인이 악마를 올려다보며 미소 지었다. 헤이즐넛 향이 나는 미소였다. 첫맛은 헤이즐넛 같지만……. 악마는 고개를 돌렸다.

"신은 명령하지만 악마는 시험에 들게 하지. 선택은 인간이 하는 거야."

"우와, 악마는 민주적이구나."

정인이 킬킬거렸다.

그게 악의 무서운 점이란다, 꼬마야.

악마는 이번에도 말을 아꼈다.

10. 자존심의 무게

정인에게 자존심이란 어제 저녁에 먹고 남은 찬밥 같은 것이었다. 곱씹어 봤자 입만 쓴데 버릴 수도 없는 것. 꾸역꾸역 씹어 넘길 땐 '어제 왜 이걸 남겼지?' 하고 후회하지만 막상 버리려면 머뭇거리게 되는 것. 그러다 다른 사람의 눈에 띄기라도 하면 세상 맛있는 식사인 척하게 되는 것. 태주의 말에 상처받지 않은 척하고, 점심시간을 주차장 옆 쓰레기장에서 보내는 이유도 결국은 그 식어 빠진 자존심 때문이었다. 잠깐이지만 자존심 때문에 이런 생각도 했었다.

다시는 그 망할 고물상에 가서 '계세요? 폐지 바꾸러 왔어요.' 라고 안 할 거야.

"⋯⋯계세요?"

뭐, 생각과 현실이 항상 맞아떨어지는 건 아니니까. 아르바이트를 마치고 또 다시 재활용 수거 업체 사무실 앞에 선 정인은 그렇게 스스로를 위로했다. 사실 계신지 안 계신지는 묻지 않아도 알수 있었다. 사무실 안쪽에서 최대 볼륨으로 야구 중계가 들렸다.

"들어와! 한창 재미 좋으니까."

박 코치가 나와 보지도 않고 안쪽에서 외쳤다.

컨테이너에 꾸린 사무실은 좁아서 정인까지 들어가니 발 디딜틈이 없었다. 정인이 벽에 등을 대고 서자 박 코치는 턱으로 제 옆의 의자를 권했다. 수평이 안 맞아 덜컹거리는 의자까지, 죄다 고물상 이름값을 했다.

"폐지 바꾸러 왔어요."

"그래, 그거 아니면 올 일도 없지."

박 코치는 정인을 쳐다보지도 않았다. 정인의 시선이 박 코치를, 그리고 박 코치가 보는 텔레비전 화면을 좇아 움직였다. 화면속엔 박 코치와 같은 독수리 캡 모자를 쓴 거구의 선수가 서 있었다.

"저 선수 보이냐?"

"저 선수밖에 안 보이는데요."

사무실만큼 텔레비전 화면도 옹색해서, 투수의 등 하나만으로 꽉 찼다. 휴대 전화 게임 화면만큼 작아 보였다. 소리만 들어선 몰랐지. 코치님은 여태껏 이 좁은 구멍으로 세상을 보았구나. 그래도 코치님은 잘 본다. 잘 안다. 경기 돌아가는 것도, 세상 돌아가는 것도.

"이글스는 네가 말한 대로 꼴찌 팀이지만, 투수는 꽤 괜찮아. 특히 저 선수는 괜찮다 못해 끝내줘."

투수가 팔을 들어 올렸다.

"좌완 투수야. '강속구를 던지는 좌완 투수는 지옥에 가서라도 데리고 와야 한다'는 말이 있는데 딱 그런 투수지. 사실 좌완이라는 것보다 저 선수를 더 특별하게 만드는 건 근성이야. 경기가 막바지로 몰릴수록 강해지거든."

야구 게임에서 저 선수를 본 적이 있던가? 모르지, 뭐. 늘 지는 팀, 게임에서까지 왜 고르겠어. 투수가 공을 던졌다. 타자가 움찔했다.

볼!

"저 선수는 어렸을 때 찢어지게 가난했었대. 그 시절이 저 선수의 근성을 만든 거겠지. 팬들은 마운드에 선 모습만큼 그의 어린 시절 이야기를 좋아해. 사람들은 극복하는 인간을 좋아하거든. 그런 이야기가 다 야구야. 그래서 사람들이 야구를 사랑하는 거고."

볼!

박 코치가 손을 뻗어 금전 출납기를 열었다. 그러고는 천 원짜리 지폐를 두 장 꺼내 정인에게 건넸다. 밖에 나가 폐지를 달아 보지도 않고.

"나는 네가 여기 그만 왔으면 좋겠다."

"……졸업하면 제대로 된 알바 구할 거예요. 중학생은 알바로 잘 안 써 줘요. 지금 다니는 햄버거 가게에서도 저 중학생이라고 일주일에 사흘만 써 주는데요."

"그 말이 아니라."

박 코치가 손사래를 쳤다.

"여기 이렇게 앉아 있으면 별꼴을 다 보고 별별 이야기를 다 듣거든. 어떤 사람의 이야기는 인생 막바지에서 시작해. 어떤 사람은 어려서부터 이야기를 시작하고. 어떤 사람들은 1회가 시작한 줄도 모르고 어정거리다 1점도 못 내고 끝나 버려. 난 네가 그러지 않았으면 좋겠다."

볼!

"당장 내일부터 오지 말라는 건 아니야. 천천히 발을 끊어 봐라. 그래서 나중에 네가, 저 야구 선수처럼 그런, 사람들이 좋아하는 이야기를 할 때가 되면 나도 '아, 내가 저 녀석한테 폐지 좀 받아먹었지.' 하고 말할 수 있게."

거구의 좌완 투수는 길게 한숨을 쉬었다. 카메라가 그의 긴장한 얼굴을 비췄다. 이제 마지막 피칭이다.

"여기. 이것도 챙겨라. 오늘 들어온 폐지 속에 있더라. 보통 이런 건 헌책방으로 가는데, 철모르는 누가 내다 버렸나 보다. 앞에 몇 장 빼고는 하나도 안 푼 새 거야."

수학 문제집이었다. 앞에 두 페이지 정도만 빼고는 정말 헌책방에 내놔도 받아 줄 정도로 새것인 데다, 어쩌면 딱 맞춘 듯 정인의 학년 것이었다.

『초고난도 수학: 중2』

코치님께 내가 몇 학년인지 말했던가?

정인은 고개를 갸웃하며 기억을 더듬었다.

스트라이크!

하지만 곧이은 요란한 환호성에 다시 텔레비전으로 시선을 돌렸다. 화면 속 투수는 슬쩍 미소를 짓는가 싶더니 이내 무뚝뚝한 얼굴로 모자를 고쳐 썼다.

"봐, 역시. 저렇다니까."

박 코치가 자랑스럽게 말하며 투수처럼 캡 모자를 고쳐 썼다.

"난 그런 문제집 한 장 넘겨 보지 못했지만 사람 보는 눈 하나는 타고났다."

문제집의 무게는 800그램, 무게로 치면 150원어치도 안 되는 종이지만 제법 묵직하게 느껴졌다.

11. 먹는 것이 먼저

하지만 문제집을 뜯어먹고 살 수는 없잖아.

먹는 것이 먼저고, 도덕은 그 다음이다. 꿈은 그보다도 더 다음이고.

라면이 다 떨어졌다. 분명 아껴 먹었는데. 정인은 빈 찬장을 보며 한숨을 내쉬었다. 할머니는 빌어먹을 것, 라면이고 햇반이고 받아 오지 말라고 했지만 햇반이랑 라면은 죄가 없다. 죄는 목구멍에 있지.

지갑을 깰까? 꽤 찼는데. 하지만 그럴 수 없었다. 그러기 싫었다. 천 원짜리, 백 원짜리, 오백 원짜리. 겨우 잔돈 부스러기뿐이라도 백 점짜리 수학 시험지보다 더 확실한, 만질 수 있는 목표, 그건 정인이의 꿈이었다.

텅 빈 위장이 머리까지 텅 비게 만들었는지, 정인은 수업 시간 내내 멍했다. 딱지 모양으로 접힌 쪽지가 책상 가장자리에 떨어진 다음에서야 정인은 정신을 차렸다.

"법은 나라가 만든 규칙이자 사회에서 정한 행동 기준이다. 법이 사회의 변화를 따르지 못하거나 인권을 침해할 때는 사회적 합의를 거쳐 바꿀 수도 있는데……"

선생님 말에 전혀 집중을 못하고 있었다는 걸 깨달았다. 정인은 책상 위에 떨어진 쪽지를 집어 들었다.

To. 현정인

단정하게 열을 맞춘 글자들.

정인은 제 이름자가 이렇게 예쁜 줄 처음 알았다. 누가 쓴 건지 한눈에 알아볼 수 있었다.

"……도덕과 법은 달라서, 법을 어기면 벌을 받지만 도덕은 사람들이 양심에 따라 스스로 정한 규범이기 때문에 직접적인 벌은 받지 않고……"

선생님의 목소리가 아득하게 멀어졌다.

정인아. 오늘 학교 끝나고 바빠?

아지트 들렀다 갈래? 새로 심을 게 있는데.

── 재아

하필이면 오늘.
복지관 문 닫기 전에 들러야 하는데.

정인은 빈 찬장을 떠올렸다. 코끼리처럼 뭐든 다 먹어 치우는,

빌어먹을 것.

　미안, 오늘은 안 될 것 같아.

정인은 재아의 쪽지 아래에 답을 적었다. 어째 글씨가 뭉툭하고
못나 보이는 데다 안 된다는 말도 딱딱하기만 하다.

　미안, 오늘은 안 될 것 같아. ㅠㅠ

우는 표정을 추가했다. 좀 낫나?

　미안, 오늘은 안 될 것 같아. ㅠㅠ 다음에 같이 심자. 꼭!

음.

"현정인, 법이랑 도덕의 차이점이 뭐지?"

멀어졌던 선생님의 목소리가 부메랑처럼 되돌아와 정인을 쿡 치고 지나갔다.

"어, 네?"

"정인이가 수업에 집중을 안 하는 건 법에 어긋나는 걸까, 도덕에 어긋나는 걸까?"

"어…… 도덕이요."

"땡. 틀렸어. 어겼을 때 벌이 따라오면 뭐라고 했지? 정인이는 수업 시간에 집중 안 한 벌로 교실 청소 하고 가야 하니까 이건 법이다."

교실에 웃음이 터졌다. 힐끗 보니 재아도 웃고 있다. 재아를 웃길 수 있다면 날마다 청소를 할 수도 있을 것 같았다.

"끝나고 바로 갈 데가 좀 있어서."

"으응. 그렇구나."

심지어 재아가 남아서 도와주기까지 했다! 둘이 같이 청소하면 더 빠르지 않겠냐며 남아 주었지만, 사실 재아가 있어서 더 굼떴다. 재아는 심하게 덤벙거렸다. 책상이랑 의자를 한번에 밀다가 의자를 넘어뜨리고, 무리하게 책상을 밀다가 서랍에 든 학용품이 다 쏟아지기도 했다.

"미안……."

"아니, 괜찮—"

괜찮아, 라고 하려고 했는데. 그 사이 재아가 의자 하나를 또 넘어뜨렸다. 정인은 결국 웃고 말았다. 민망한 듯 고개를 숙이던 재아도 웃었다.

"있잖아, 나 되게 덜렁거려. 뭐 망가뜨리는 건 흔하고 양말이랑 운동화엔 항상 흙이 묻어 있고. 바이올린 현도 몇 개나 끊어 먹었는지 몰라. 그래서 엄마한테 맨날 혼나."

"학교에서 너는 항상……."

"그야 학교에서는 실수 안 하려고 엄청 신경 쓰니까."

재아가 마지막 남은 책상을 밀어서 줄을 맞췄다. 이번엔 쓰러뜨리지 않았다. 책상다리가 바닥에 쓸리며 끼이익, 듣기 싫은 소리를 냈다.

"내일은?"

"응?"

"내일도 어디 가?"

"아니, 그건 아닌데……."

"그럼 내일 같이 가자, 아지트."

"너 괜찮아?"

"레슨 빠지면 돼."

"그래도 돼?"

"안 되지."

재아가 어깨를 한 번 으쓱했다.

"그냥. 연습실 가기 싫어서. 진짜 너무 싫은데…… 계속해야겠지. 계속할 거니까 하루 정도 빠지는 건 괜찮지 않을까."

재아는 바이올린을 흙냄새만큼 좋아하게 되길 바라는 걸까.

아니면 아주 그만두길 바라는 걸까.

"사실 아지트에 뭐 심자는 것도 핑계였어. 그냥 너랑 이야기하고 싶어서. 너랑 말하면 답답한 게 좀 나아지는 것 같더라. 왜 그런지 모르겠지만 아무튼 그래."

"……."

"좀 부담스러운가?"

"아니."

더 이상 줄 맞출 책상도 없다. 정인이와 재아는 반듯한 책상들 사이에 어색하게 서 있었다. 도와줘서 고마워, 내일 보자, 뭐 그런 말이라도 했으면 좋겠는데, 입이 떨어지질 않는다. 입을 열면 이 순간이, 0.01퍼센트의 향과 0.2초의 찰나를 담은 이 순간이, 사라져 버릴 것 같아서. 입을 열든 안 열든, 말을 하든 안 하든, 순간은 원래 사라지는 거지만 그래도…….

"얘들아, 고생했다."

교실 문이 열리고 쇄빙선처럼 순간을 깨부수며 선생님이 들어왔다.

"어유, 깔끔하네."

정인은 얼른 돌아서서 가방을 어깨에 걸쳤다.

"그럼 내일 봐, 재아야. 선생님, 안녕히 계세요!"

그러고는 재아가 무슨 말을 하기도 전에 교실을 나와 뛰었다. 교문까지 와서야 정신이 돌아왔다.

바보.

여기까지 재아랑 같이 올 수 있었는데.

넌 그 소녀와 비밀을 나누고,
소녀가 무너지는 순간 어깨를 내어 주고 싶지.

정인이 뒤를 돌아보았다.

당연하지만, 아무도 없었다.

널 그 소녀가 원하는 이상형으로 만들어 줄 수 있어. 알라딘이
공주의 마음을 얻기 위해 그랬듯 —

정인은 제 신발을 내려다보았다. 그리고 그림자를. 낡은 신발 때문인지 그림자조차 낡고 허름해 보였다.

이봐, 어렵게 생각하지 말라고. '만약에'. 그 한마디면 된다니까.

만약에⋯⋯.

"바보 같아."

정인은 고개를 가로젓고는 시선을 똑바로 들었다. 그리고 앞을 향해 걸어 나갔다. 수만 개의 '만약에'들이 키득거리며 뒤꼭지에 따라붙는 것 같았다.

12. 가능성

복지관에서는 오래된 박스 냄새가 난다. 왜 그런지는 모르겠다. 복지관 건물이 골판지로 지어진 것도 아닌데.

정인을 담당하는 분은 지역 사회 보호 사업팀의 김지은 선생님이다. 복지관 2층 오른쪽 끝이 김지은 선생님의 사무실이다. 그런데 선생님이 없었다.

"지은 쌤 없어요?"

"아, 정인이구나. 김지은 선생님은 부서 옮겼는데. 3층 홍보팀으로 가 볼래?"

"아, 네⋯⋯."

그래서 햇반이 늦은 건가. 아니, 3층에 가면 햇반이 있긴 할까. 딱 보기에도 '햇반'이랑 '홍보'는 좀 안 어울린다. 3층까지 올라가는 계단이 정인의 걸음에 무겁게 달라붙었다.

"지은 쌤 계세요?"

"어머, 정인이 왔구나!"

선생님의 기색이 반가워 보여서 정인은 일단 마음이 놓였다.

"햇반이랑 라면 떨어졌지? 선생님이 가려고 했는데, 할머님이 신경 쓰여서……."

"우리 할머니요? 왜요?"

"할머니가 아무 말씀 안 하셨어?"

선생님이 정인에게 핫초코를 권했다. 뜨겁고 단 증기가 퍼지자 분위기가 말랑말랑해진다. 좋다. 왜 초콜릿을 신의 음식이자 동시에 악마의 음식이라 부르는지 알겠어. 정인이 앉아서 핫초코를 홀짝이는 사이 선생님은 종이 가방에 햇반과 라면을 챙겼다. 꽤 넉넉해서 정인은 안심했다. 그런데 정인의 앞에 무릎을 붙여 앉는 선생님의 표정이 몹시 진지했다. 어려운 이야기를 꺼내려는 사람처럼. 선생님의 눈을 똑바로 보기 힘들어서, 정인은 괜히 선생님의 신발만 보았다. 검은색 가죽 단화.

"음……. 선생님이 이번에 부서를 옮기면서 새롭게 시작한 활동이 있어."

"뭔데요?"

"내가 정인이를 오래 봐 왔잖아. 정인이는 할머니랑 둘이 살면서도 영리하고 바르고 꿋꿋하고…… 그런 게 참 보기 좋았어."

"네에……."

"만약에 정인이에게 좀 더 많은 기회가 생기면 어떨까. 그런 생각이 들더라고."

만약에. 다들 '만약에'를 이야기해.

그런다고 바뀌는 건 하나도 없는데.

"정인이 혹시 '결연'이라고 들어 봤니?"

"네?"

"'인연을 맺는다'라는 뜻이야. 뜻있는 후원자님이 복지관을 통해 학생과 인연을 맺는 거야. 후견인으로서 지원을 해 주시는 거지."

"……."

"후원자님이 정인이의 학비랑 생활비도 지원해 주시고, 선물도 주시고. 어려운 일이 생기면 후원자님께 도움을 청할 수도 있어."

"도움을 청한다고요?"

"응."

"학비랑 생활비도 주시고요?"

"그래."

"……왜요?"

"응?"

"본 적도 없는 애한테 왜 그렇게 해 주시는데요? 그럼 저는 뭘 해야 하는데요?"

"네가 꼭 뭘 할 필요는 없어. 후원자님은 그냥 정인이 네가⋯⋯."

"불쌍해서요?"

"정인아."

"저 괜찮아요. 저 할머니랑 둘이서도 잘 지냈어요. 할머니도 제가 있어서⋯⋯."

잘 지냈던 걸까? 그랬겠지.

'만약에'를 백 번 해도 내가 있어야 한다고, 할머니가 그랬으니까. 할머니는 아직 괜찮다고, 힘 있다고, 나 대학까지 보낼 수 있다고, 기울어진 리어카를 끌면서 하나도 안 괜찮아 보이는 몸으로 떵떵거렸으니까.

그러니까 나도 괜찮아.

"정인아. 따지고 계산하고, 그게 다가 아니야. 나도, 복지관 다른 선생님들도, 후원자님도, 너한테 더 많은 기회를 주고 싶어. 후원자님은⋯⋯."

선생님은 적절한 말을 찾으려는 듯 잠깐 숨을 골랐다.

"정인이에게 기댈 수 있는 어른이 되어 주려는 거야."

"저는 어른에게 기대야 해요?"

"현정인!"

선생님은 화가 난 것 같았다.

"영리하고 바르고 꿋꿋한 것 좋아. 선생님도 정인이의 그런 모습이 늘 기특했어. 하지만 다른 사람이 손 내밀 때 잡을 줄도 알아야지. 너 혼자서만 살 수 없는 게 세상이잖아. 네가 영리하고 바르고 꿋꿋한 만큼, 도움이 필요하면 인정할 줄도 알고 때로는 약한 모습도 보이고, 다른 사람의 호의에 고마워할 줄도 아는 사람이 되었으면 좋겠어."

핫초코의 뒷맛은 텁텁했다.

"저 그렇게 바르지 않은데요."

"뭐?"

"저 그렇게 바른 애 아니라고요. 살아야 하니까 그냥 이렇게 사는 거예요. 만약 제가 바르게 안 살면요? 그러면 후원자님이 저를 차 버릴까요? 노닥거릴 여유가 있으면 저도 애들이랑 몰려다녔을 거고, 돈만 있으면 저도 에어맥스 구겨 신었을 거예요. 청소년 요금제만 아니었으면 밤새 게임이나 하고……."

지금도 할 수 있잖아.

정인은 움찔하며 컵을 내려놓았다. 신의 음식이든 악마의 음식이든 됐어. 절반 남은 건 개수대에 부어 버리라지.

"갈게요."

"정인아."

선생님이 정인을 불렀다. 돌아보지 않을 생각이었는데……,

"이거 가져가야지."

돌아볼 수밖에 없었다. 정인에게 기댈 수 있는 어른보다 더 필요한 게 거기 있었으니까.

"선생님이 한 말, 잘 생각해 봐."

햇반이랑 라면.

할머니 말이 맞았어.

이건 빌어먹을 것이야.

일부러 집까지 에둘러 걸었다. 그 구질구질한 찬장을 채워 주기 싫었다. 하지만 먼 길로 걷는대도, 결국 돌아갈 곳은 집뿐이었다. 그걸 집이라고 부를 수 있다면.

"왔나, 소년."

허름한 문을 열자 신세계가 펼쳐졌다. 누르께하게 손때가 타 있어야 할 벽이 반짝반짝 하얗게 빛났다. 샹들리에를 그네처럼 탄 헬렐이 정인을 향해 손을 흔들었다. 가볍게 튀는 바이올린 선율 아래 와인과 장미 꽃잎이 비처럼 내렸다.

"집어치워요."

정인의 말 한마디에 비가 멎고 구름이 걷히듯 마법이 사라졌다. 샹들리에와 대리석 벽은 설탕처럼 녹아 버렸다. 다시 초라한 단칸방.

"그냥 좀 재미있고 싶었을 뿐인데. 유모레스크, 몰라? 너 유머 좋아하잖아."

"하나도 재미없어요."

"왜 이렇게 골이 났을까. 그 소녀랑 안 좋았어?"

정인은 헬렐을 무시하고 성큼성큼 부엌으로 들어갔다. 찬장 문을 열고 햇반과 라면을 차곡차곡 쌓았다. 그렇게 쌓아 올리고 찬장 문을 탁! 닫으면 되는데. 늘 그랬듯 그렇게 입을 꾹 다물고 생각을 가두면 되는데.

"왜 나예요?"

"응?"

"왜 하필이면 나냐고요. 나 말고 다른 애한테 갈 수도 있었잖아."

정인의 물음에 악마는 피식 웃었다.

"그런 걸 묻다니 의외인데. 소년, 난 네게 어떤 해도 끼치지 않았거늘. 불운 앞에서 인간은 묻지. 왜 나인가? 그렇게 묻고 탐구하면 답을 구할 수 있는 것처럼. 답을 구할 수 있느냐 없느냐는 말하지 않을게. 수학을 좋아한다니 알겠지만 페르마의 마지막 정리도 한때는 답이 없는 문제라 불렸으니. 내가 말하고 싶은 건 이거야. 왜 인간은 불운에게만 묻는가? 행운에겐 '왜 나인가?' 묻지 않으면서. 불운도, 행운도, 그저 룰렛을 돌리면 나오는 가능성일 뿐이야. 만의 하나."

또 '만약에'네.

"묻지 마라, 소년. 그건 꼭 '바늘 끝에서 몇 명의 천사가 춤출 수 있을까?' 하는 질문처럼 무의미하기 짝이 없어. 도대체 천사를 왜 바늘 끝에 세우냔 말이야. 넓은 댄스홀을 지으면 될걸. 이유 같은 건 빈 운동화 상자에 담아 침대 밑에 넣어 두라고. 아, 넌 침대가 없지. 운동화 상자도 없고. 하나 사 줄까? 난 그럴 수 있는데. 너만 원한다면, 난 네가 수고하지 않고도 먹게 하겠다. 백만 원보다 더 큰 자유와 힘을 주겠다."

"백만 원보다 더 많은 걸 얻으면요? 사는 게 더 좋아져요? 천국처럼?"

"천국…… 천국은 또 다른 문제인데. 모든 부자가 천국에 갈 수 있는 건 아니지."

"아저씨가 부자인데도 지옥에 사는 것처럼요? 아니면 그렇게까지 부자는 아닌 건가."

"이봐, 소년. '돈은 악마의 배설물이다.'라는 말 몰라? 악마는 돈을 똥으로 쌀지어다. 위대하신 헬렐 님에게 가난하냐고 묻다니. 허, 참. 내가 내는 생명 보험금만 얼마인데. 불멸의 삶을 살면서 다달이 생명 보험금을 내는 건 무척 사치스러운 취미라고."

"……."

"지옥은 인간들 생각처럼 그렇게 나쁘지 않아. 인간이 잘 모르고 괜히 그러는 거야."

"지옥은 죄 지은 사람들이 가는 곳 아니에요?"

"그럼 지상은? 여기서 고통받는 사람들은 무슨 죄를 지었는데?"

정인은 대답할 수 없었다. 살면서 잘못을 저질렀고, 반성문을 썼고, 실수도 했지만, 죄라……. 글쎄, 죄?

"지옥은 사실 인간이 만든 거야. 인간이 직접 페인트칠을 하고 가구를 들였다고. 그곳은 내 고향이지만, 사실 나는 임차인이고 실소유주는 인간인 셈이지."

"……."

"보여 줘?"

악마가 미소 짓자 희고 날카로운 송곳니가 드러났다. 금빛으로 빛나는 눈은 꼭 어둠 속의 모닥불처럼 최면을 거는 듯했다. 악마가 손을 내밀었고, 정인은 망설였다. 그러자 악마는 정인의 어깨를 잡아끌었다. 한순간에 몸집을 키운 불꽃이 정인을 감쌌다. 뜨겁지만 고통스럽지 않았고 오히려 기분이 좋았다. 땅이 움푹 꺼지면서 추락했다. 정인은 눈을 감았다.

13. 가장 높은 곳

"우와."

정인이 감탄하며 몸을 일으켰다. 추락했다고 생각했는데 오히려 세상이 뒤집혀 솟아올랐다. 중력을 거스르는 것처럼. 우주에는 중력이 없어서 위아래도 없고, 그러니까 떨어져 죽는 사람도 없다지. 지금 정인이 그랬다.

"뭐예요, 이거? 어떻게 한 거예요?"

"일종의 와이파이라고 할 수 있지. 무선 인터넷, 하이퍼링크, 그런 거."

정인은 위에 있었다. 정확히 말하면 호텔 꼭대기 층 객실에. 통유리창으로 도시의 전경이 한눈에 보였다. 이 도시에서 가장 높은 곳인 것 같았다. 침실과 분리된 거실의 한가운데에는 거대한 대리석 스파가 있었다. 양초와 꽃잎이 욕조를 장식했고 희뿌연

물에서는 은은하게 타는 냄새가 났다.

"유황이 첨가된 스파야. 고향이 그리울 때 한번씩 와서 담그고 가지."

"와."

정인은 대리석을 손끝으로 쓸어 보았다. 관리가 잘 된 욕조는 정인의 손바닥보다 매끄러웠다.

"어때, 돈의 촉감이?"

"……잘 모르겠어요."

"들어와 보면 확실히 알게 될걸."

헬렐은 어느새 가운을 입고 욕조 안쪽에 들어가 있었다. 온천수에 몸을 담근 악마가 만족스러운 듯 미소 지었다. 정인은 눈치를 보며 헬렐을 따라 스파에 몸을 담갔다. 유황의 기운이 코를 타고 들어가 관절 사이 사이를 파고드는 것 같았다.

"스파를 마치면 만찬을 즐겨야지. 뭘 먹고 싶은가, 소년?"

헬렐이 룸서비스 안내 책자를 정인에게 넘겼다. 정인은 가죽으로 표지를 감싼 책자를 펼쳤다. 영문 필기체로 쓰인 메뉴 이름은 읽기조차 힘들었고, 한글로 쓰인 설명은 낯설었다.

"캐비어와 아보카도…… 블랙 트러플…… 샐러리를 곁들인…… 끄응……."

헬렐이 장난을 쳤나 했지만 그건 아닌 것 같았다. 문장이 뒤죽박죽 범벅된 프린트물을 본 태주가 이런 기분이었을까. 정인은 책자를 덮어 버렸다.

"모르겠어요. 아무거나요."

"그렇다면 내가 적당히 주문하지."

스파를 마친 헬렌과 정인을 위해 새로운 가운을 챙겨 준 사람부터 테이블 위에 룸서비스 메뉴를 세팅해 준 사람까지 모두가 웃고 있었다. 모두가 친절했다. 헬렌과 정인을 대접할 수 있어 기쁘기 그지없다는 듯.

"주문하신 샤토 페트뤼스와 피로 회복에 좋은 스트롱 핫초코입니다."

호텔리어가 나가자 정인이 헬렌에게 목소리를 낮춰 물었다. 어쩐지 작은 소리로 말해야 할 것 같았다.

"저 사람들, 우리 알아요?"

"아니?"

"그런데 내가 피로한 줄 어떻게 알고 핫초코를 갖다주는 거예요? 게다가, 뭐? 핫초코가 스트롱해요?"

"저들은 너보다 너를 더 잘 알아야 하거든."

"왜요?"

"그게 저들에게 주어진 문제니까. 널 취하게 만들기 위해 온갖 주문을 외지. 못 알아들어도 상관없어. 가만히 고개만 끄덕이면 다 알아서 해 줄 거야. 봐, 지금도."

헬렐은 와인 잔을 들어 보였다.

"이건 샤토 페트뤼스. 신들의 음료 '넥타르'라는 별명이 붙어 있어. 일 년에 딱 6천 병만 나오는데 그중에서도 이건—"

그는 와인을 한 모금 입에 머금고 음미했다.

"전 세계에 딱 한 병 판매된 한정판이야. 내 취향을 알아채고 주문하기도 전에 준비해 뒀어. 시음 한 번 해 보겠나?"

"아니요. 저 미성년자라서 안 돼요."

하…… 악마는 한숨을 팍 쉬더니 잔에 든 와인을 단번에 들이켰다. 정인은 헬렐의 목울대가 움직이는 것을 보며 머릿속으로 계산했다. 전 세계에 딱 한 병이면 한 모금엔 얼마려나?

"돈 낭비하는 방법도 진짜 다양하고 창의적이네요."

"산통 깨는 방법이 다양하고 창의적인 것처럼."

"산통을 깨긴요. 근사하다고 생각하고 있어요. 정말요. 지금 이 방이랑 이 온도랑 창으로 들어오는 이 빛까지, 다요."

정인이 나른하게 웃었다. 헬렐도 결국 미소 지을 수밖에 없었다. 소년의 말이 맞았다. 악마에게도 실로 오랜만의 월광욕이었다. 햇빛은 작열하며 그 아래에 있는 것들을 노동하게 하지만 달빛은 뭉근하게 뜸을 들이며 상념이라는 김을 뿜어 낸다. 오늘 밤 달은 특히 뜸이 잘 들었는지 빛이 탐스럽게도 부풀어 올랐다. 헬렐은 눈을 감고 깊게 숨을 들이쉬었다. 기분이 좋은지 노래까지 흥얼거렸다. 정인이 영어 시간에 배운 바로 그 올드 팝이었다. 정인은 헬렐을 따라 노래를 읊조렸다.

"가사가 좋아요."

"가사처럼, 달빛이 흐르는 강은 넓고 세상에 볼거리는 많지."

"정말 그래요. 덕분에 이런 것도 다 보네요."

"달빛도 좋아. 들이켜 보라고."

악마에게 호흡은 와인이나 초콜릿처럼 기호품에 가까웠다. 악마는 숨을 쉴 필요가 없으니까. 하지만 헬렐은 달빛의 풍미가 가득한 공기를 폐에 듬뿍 채우는 느낌을 좋아했다. 정인은 헬렐을 물끄러미 바라보다 ─ 스파를 하면서 그랬던 것처럼 ─ 그를 따라 눈을 감고 달빛을 들이마셨다. 생존을 위한 숨이 아닌, 기호품을 즐기는 것처럼.

……맡아 봐.

흙냄새가 나는 것 같았다. 솜사탕 냄새가 나는 것도 같았다.

……도 같이 왔다면 좋았을걸.

"누구?"

악마의 목소리가 날카로웠다. 흙냄새, 솜사탕 냄새가 칼로 도려낸 듯 가셨다.

"네?"

"누구랑 같이 왔으면 좋겠다는 거야?"

"어……."

내가 소리 내어 말을 했던가? 속으로 생각만 한 것 같은데. 정인은 어쩐지 머쓱해졌다.

"그냥요. 할머니도 좋아했을 것 같아서……."

"여기까지 와서 그 소리야?"

악마가 고개를 저었다.

"'신이시여, 죽기 전에 샤토 페트뤼스를 조금만 더 마시게 해주세요!' 뉴욕의 칼럼니스트 리즈 스미스가 바로 이, 내가 지금 마시는 와인에 대해 한 말이지. 그만큼 쉽게 구할 수도, 생각 없이 마실 수도 없는 게 페트뤼스야. 예수의 열두 제자 중 첫째인 피터, 피에르, 베드로에서 따온 이름이지. 이른바 '천국의 열쇠'를 가졌다는 사람 말이야. 네가 하도 미성년자, 미성년자, 노래를 부르면서 자기소개를 하기에 미성년자에 걸맞은 음료를 주문했지만, 원하면 지금 한 잔 시켜 줄 수도 있어. 리즈 스미스가 죽기 전에 '조금만 더'라고 했던 천국의 음료를 그냥 공짜로 주겠다고!"

"됐어요. 난 이 힘 센 핫초코로도 충분해요."

"그럼 왜? 완벽한 밤이잖나. 도대체 여기서 왜 구질구질한 이야기를 꺼내는 거야?"

"몰라요, 나도. 평생소원이 누룽지라서 그런가 보죠."

"6성급 호텔에 와서 누룽지를 찾는다라."

"그냥 그런가 보다 해요. 그렇게 하나하나 따지지 말고."

정인은 침대로 올라가 시트를 머리까지 덮었다. 푹신한 이불이 몸을 감쌌다. 그래, 지금 많이 누려 두자. 내일 눈 뜨면 사라질 꿈인데.

14. 오답

서로 반대되는 색을 함께 사용하면 강렬한 대비 효과를 얻을 수 있다. 예술가들은 이 효과를 영리하게 이용하는데, 밀레는 그의 대표작 「이삭 줍는 여인들」에서 여인들의 모자에 보색인 청록과 빨강을 사용해서 대비 효과를 주었다. 밀레의 그림에서 대비 효과를 준 게 어디 그뿐이겠냐마는. 이삭을 줍는 가난한 여인들 뒤에 풍성하게 쌓아 올린 수확물은 어떻고. 말을 탄 채 수확을 감시하는 농장주는 어떻고.

대비 효과.

그건 예술에만 있는 게 아니었다.

다시 돌아온 정인의 집은 그사이 부쩍 늙은 것 같았다. 벽지의 얼룩과 창문에 낀 곰팡이가 눈에 들어왔다. 부엌으로 나가는 문이

128

언제부터 저렇게 뒤틀려 있었지? 군데군데 타일은 또 왜 깨져 있는 거야. 숨 죽이고 눈에 띄지 않던 것들이 뻐끔뻐끔 수면 위로 올라와 정인의 눈과 귀와 코를 자극했다. 집 안 곳곳에 누군가 빨간색 색연필로 '오답' 표시를 해 놓은 것 같았다. 교복을 주워 입고 거울을 보았을 때, 거기서도 정인은 보았다.

오답

정인은 눈을 깜빡이다 고개를 저었다. 거울 속에서, 조금 어리둥절한 듯, 아니 조금 화가 난 듯한 얼굴로 자신을 마주보는 건 어제와 다름없는 소년이다.

"바보 같아."

정인은 자신을 담고 있는 거울에게 말했다.

"누가 누구한테 바보 같다는 거야? 쥐뿔도 없는 게."

거울에 비친 소년이 정인의 말에 대꾸했다. 거울 속에 양초와 꽃잎으로 장식한 대리석 욕조가 보였다. 시야가 탁 트이는 통유리창, 쏟아지는 달빛, 천국의 음료라는 와인도 보였다. 아니, 보이는 것 같았다.

'이게 진짜.'

정인이 매섭게 돌아보자 거울에 비쳤던 낡은 집이 후다닥 딴청을 피웠다. 정인의 뒤에서 사냥 자세로 웅크리고 있던 검은 고양이가 움찔하며 뒤로 물러섰다.

"아무 짓도 하지 마요."

"냐아."

고양이가 순진한 척 대답했다.

"이야기에서 '밤'은 그냥 하루의 절반이 아니다. 극이 완성되는 시간이지. 밤이 배경인 이야기들을 생각해 보자. 「신데렐라」, 모파상의 「목걸이」. 그래, 둘 다 하룻밤의 사건을 다루지. 두 이야기의 주인공에게 똑같이 꿈 같은 하룻밤이었지만 결말은 정반대였어."

국어 선생님의 말은 꼭 정인을 빗대는 것 같았다. 악마는 정말 '아무 짓도' 하지 않았고, 그가 아무 짓도 안 한 덕분에 정인은 다시 아무것도 아니게 되었다. 하룻밤의 꿈이 지나가고 벽난로 앞에서 잠을 청하는 재투성이. 파티가 끝난 뒤 싸구려 마차를 잡아타고 집에 돌아온 마틸드. 그나마 다행인 건 정인이 그 하룻밤 동안 아무것도 잃어버리지 않았다는 거다. 유리 구두도, 4만 프랑짜리 목걸이도. 그런데 참 이상하지? 정인은 어쩐지 뭔가를 잃어버린 것만 같았다.

"밤은 주인공의 시간이야. 너희 요즘 영어 시간에 올드 팝 배운다며? 그 팝송, 〈티파니에서 아침을〉이라는 영화에 나온 건 알고 있지? 그 영화가 제목에는 '아침'이 들어가지만 사실 그것도 밤의 이야기다. 주인공의 이야기가 어떻게 끝날지는 아침이 되어 봐야 아는 거야. 인생도 마찬가지고. 마냥 어두운 것 같아도, 그 밤이 지나고 햇빛이 비출 때 어떤 모습일지는 너희가 결정하는 거다."

……그 밤에 뭔가를 두고 온 것 같았다. 뭔가 아주 중요한 것을.

착시 그림 속에 들어온 것 같은 하루였다. 아름다운 여인의 옆모습이 노파로도 보이는 그림처럼, 한 번 의식하고 나자 모든 것이 전과 같지 않았다. 학교를 마치고 햄버거 힐로 가던 정인은 문득 고개를 들어 학원가 상점으로 향하는 골목을 보았다. 뫼비우스의 띠였나, 펜로즈의 계단이었나. 장난꾸러기 수학자의 이름을 붙인 도형처럼 영원히 이어질 것 같았다. 나는 앞으로 쭉 이 도형 안을 맴돌겠지, 정인은 생각했다. 어쨌든 그 길에 선 그 순간 정인에겐 그게 수학적 명제나 인생의 진리, 뭐 그런 것 같았다.

그리고 그 생각이 틀렸다는 걸 삼십 분 뒤에 알게 됐다.

"아니, 나는 몰랐다니까."

햄버거 힐 문을 열고 들어간 정인과 사장님의 눈이 마주쳤다. 뭔가를 해명하던 사장님이 정인을 보자 말을 멈췄다. 사장님의 시선이 불안하게 흔들렸다. 빨간색 색연필로 그어 놓은 듯한 눈빛이었다.

오답

"마침 저기 오네. 우리 알바."

"네?"

"알바가 그런 줄 알았으면 내가 가르쳤을 텐데. 믿고 맡겼지, 나
는. 얘가 모르고 그런 거야, 모르고."

내가 뭘 몰랐는데. 또 뭘 틀린 건데. 정인이 오답 풀이를 요구하
듯 사장님을 보았다.

"학생, 여기서 일해? 학생이 그랬어?"

모르는 아저씨였다. 모르는 아저씨에게 정인은 자신이 뭘 모르
고 그랬는지를 해명해야 하는데, 그게 뭔지를 몰라서 아무 말도
할 수가 없었다.

"뭐, 뭐를요?"

"유통기한 지난 햄버거 빵이랑 패티 재사용, 그거 학생이 했
어?"

"그건 사장님이……."

사장님이 아저씨와 정인 사이로 끼어들었다.

"어유, 이거 뭐 조사까지 갈 일이 있겠습니까? 애가 모르고 그
런 걸. 내가 저기 체인점 하나 더 관리하느라 여기는 좀 신경을 못
썼어. 애가 어리긴 해도 야무져서 믿고 맡겼지. 월, 수, 금 3일을
그냥 맡긴 내 실수요. 역시 좀 큰 애를 알바로 썼어야 했나. 내가

책임감 있는 애로 알바 새로 뽑을 테니까 이거 받고…… 아실 만한 분이…….”

사장님은 친근하게 아저씨의 어깨를 감싸더니 부엌 쪽으로 이끌었다. 사장님은 그 아저씨를 '아실 만한 분'이라고 불렀다. 그리고 두 사람이 해결해야 하는 문제에서 아무것도 모르는 정인은 빠져 있었다. 문제의 반성문을 정인이 써야 한대도, 두 번 다시 학원가 상점으로 향하는 골목에 발을 붙이지 못하게 된대도 말이다.

뫼비우스의 띠든 펜로즈의 계단이든, 고작 띠나 계단 주제에 끝없이 이어진다고 믿은 게 오만이지. 두들겨 깨 버리면 뭐든 끝나는 법이잖아.

정인은 제가 믿었던 수학적 명제, 옳고 그름에 관한 인생의 진리가 우지끈 박살 나는 소리를 들었다. 정인이 돌아섰다. 발바닥에 깨진 계단이, 띠가, 도형이 밟히는 듯 까칠하고 아렸다.

“학생, 기다려. 그렇게 가면 어떡해?”

뒤에서 부르는 소리가 들렸지만 뭐 어때. 알아서 하라지. 정인이 가게를 박차고 나오자 바깥에 배달원 형이 서 있었다. 오토바이에 기대어 선 채 키를 짤랑거리며.

“야, 사장 어쩌든?”

“……”

“구청에서 실사 나왔지? 영업 정지? 벌금?”

빙글빙글 돌아가던 오토바이 키가 집게손가락 위에서 축 늘어지며 멈췄다.

"형이 그런 거야?"

"내가 뭘?"

"형이 신고했어?"

"야, 왜 정색을 하고 그러냐. 그냥 장난 좀 친 거야."

그랬겠지. 악의 없는 장난이었겠지.

정인은 아무 말도 하지 않는데, 형은 꼭 죄를 지은 사람처럼 변명을 늘어놓았다.

"사장이 햄버거 빵이랑 패티 재사용한 건 맞잖아. 어차피 너도 여기서 얼마 못 버텨. 저 짠돌이가 주 5일 알바를 퍽이나 써 주겠다. 배달비 깎으려고 사소한 걸 트집잡아 물고늘어지는 인간인데……."

정인은 뒷걸음쳤다. 변명을 듣기에는 귀가 너무 따가웠다. 정인의 안에서 뭔가 자꾸 깨지고 있었으니까. 깨진 조각들이 달그락거리며 생채기를 내고 있었으니까. 그래서 냅다 집까지 뛰었다.

그걸 집이라고 부를 수 있다면.

15. 밤의 조각

정인이 그동안 햄버거 힐에서 굽고, 포장하고, '맛있게 드세요'라는 말과 미소를 곁들여 내놓은 건 뭐였을까. 영업 시간이 지나고 마감을 하면서, '이건 어차피 폐기해야 하니까' 하고 슬쩍한 건 뭐였을까.

집으로 들어온 정인은 곧장 부엌으로 향했다. 오래된 모터가 덜덜거리는 이백 리터짜리 냉장고 안에 햄버거 힐에서 챙겨온 전리품들이 쌓여 있었다. 정인은 패티와 빵을 죄다 꺼냈다. 얼어붙은 빵이 바닥에 떨어지며 둔탁한 소리를 냈다. 부엌 너머 방에서 나른하게 졸던 고양이가 몸을 일으켰다. 바깥에서 리어카 끄는 소리가 났다. 수확물이 영 시원찮았는지, 일찌감치 집에 돌아온 할머니가 부엌문을 열고 정인을 불렀다.

"정인아, 오늘 너 일하는 날 아니냐? 어찌 이리 일찍 왔어?"

정인은 대답하지 않았다. 입을 꾹 다문 채 쓰레기봉투에 빵과 패티를 꽉꽉 채워 눌렀다. 할머니가 화들짝 놀라며 안으로 들어섰다.

"아이고, 그걸 왜 다 버려."

정인은 할머니의 팔을 쳐 냈다.

"버려야 돼."

"아직 멀쩡하다. 놔둬, 할미가 먹을 테니까."

"유통 기한 지났다고."

쓰레기봉투를 쥔 정인의 손이 파르르 떨렸다. 손등 위로 체온보다 뜨거운 물이 한 방울 툭 떨어졌다. 할머니가 말을 멈췄다.

"정인아, 너 무슨 일 있었냐?"

일은 항상 있었다. 정인이 넘기고 지내 온 하루하루, 어디 일이 없었던 날이 있었나.

"아니."

정인은 어떻게 말해야 할지 몰랐다. 자기가 왜 화가 나는지도 몰랐고, 왜 눈물이 나는지도 설명할 수가 없었다. 그래서 그냥 아니라고 했다. 할머니는 더 묻지 않았다. 더 물어 봤자 어쩔 수 없다는 걸 이미 알았다. 그냥, 그게 할머니와 정인의 방식이었다. 자신이 못나 보인다 싶으면 학교 뒤꼍에 숨었고 약해졌다 싶으면 그림자 속으로 기어 들어갔다. 그리고 눈을 감았다. 안 보이는 척, 모르는 척, 슬쩍 덮어놓고 살다 보면 지나갔다. 어떻게든 살아졌다. 그런데 이번에는 이상하게 그게 잘 안 됐다. 어딘가 더 어두운 곳으로 숨어들 때였다.

정인은 손등으로 뺨을 닦고 돌아섰다.

"이거 버리고 올게. 할머니 먼저 밥 먹어."

돌아서는데, 찍, 하고 뭔가 찢어지는 소리가 났다. 간신히 붙어 있던 운동화 갑피가 밑창에서 떨어진 거였다. 정인의 자존심도 기어코 찢어지는 것 같았다. 괜찮다, 괜찮다, 나는 괜찮다……. 아니, 괜찮지 않다. 오늘은 도저히 괜찮지가 않았다. 정인은 고개를 숙여 얼굴을 가렸다. 그렇게 우두커니 서 있는 할머니를 지나쳐 나왔다. 절뚝거리면서.

정인은 쓰레기통 옆에 쪼그려 앉았다. 여기 가만히 앉아 있으면 새벽에 수거차가 와서 날 싣고 가지 않을까. 그랬으면 좋겠는데. 정인은 뜯어진 운동화를 손바닥으로 감싸고 무릎 사이로 고개를 파묻었다.

"나옹."

엉덩이를 타고 한기가 올라올 무렵, 부드럽고 따뜻한 것이 정인의 살에 닿았다. 정인은 고개를 들지 않고 물었다.

"위로하러 온 거예요, 혼내러 온 거예요?"

"너는 뭘 원하는데?"

악마가 되물었다.

"꼬시러 온 거구나."

"네가 원한다면."

"다 아저씨 때문이에요."

"뭐가?"

"난 괜찮았는데."

"뭐가?"

"……."

"뭐가 괜찮았는데?"

악마는 기어코 고개를 들게 만들었다.

"네 일? 아니면 네 집? 그것도 아니면 네 신발? 뭐가 괜찮았는데? 내가 뭘 괜찮지 않게 만들었지?"

"그건……."

"넌 '괜찮다'는 말의 뜻을 잘 모르는 것 같군. 괜찮아, 바빌론 이후 사람들은 다 그렇게 헷갈려하며 사니까."

악마가 미소 지었다.

"말을 믿지 마, 차라리 빵을 믿어. 세상에는 너무 배가 고파서 신이 빵의 모습으로만 나타날 수 있다고 믿는 사람들이 있다잖아. 마하트마 간디가 한 말이던가?"

"신이요? 그 신이라는 것도 유통 기한 지났어요."

"그래. 간디도 죽었고. 근데 넌 아직 유통 기한이 안 지났는데 왜 안 괜찮지?"

⋯⋯*악마* 같은 놈. 정인의 마음을 읽은 것처럼 헬렐은 고개를 끄덕였다.

"그렇지, 나는 악마지. 하지만 나는 네 편이야. 난 너에게 빵보다 더 좋은 걸 줄 수 있어. 신은 인간에게 먹을 것을 주었고 악마는 요리사를 주었다잖아. 그저 배를 채우는 것보다 더 근사하고 화려하고 향기로운 걸 네게 줄게. 오르톨랑, 샤토 페트뤼스, 스트롱 핫초코⋯⋯ 뭐든 주문만 해."

"재밌어요?"

차갑다 못해 얼얼해진 엉덩이와 달리, 정인의 뺨은 열이 올라 벌겋게 달아올랐다.

"나는 알지도 못하는 그 오르, 뭔지 하는 요리 이야기를 하고, 어디 천국에서 왔다는 와인을 마시고, 내가 당황하는 걸 보는 게 재밌어요?"

"오르 뭔지가 아니라 오르톨랑."

"그게 뭐든 상관없어요. 어차피 평생 먹지도 못할 거!"

"'만약에.'"

악마의 눈이 고양이처럼 세로로 길게 찢어졌다.

"몇 번을 말해. '만약에' 한 마디면 만찬이 열린다고."

금빛으로 빛나는 눈은 꼭 어둠 속의 모닥불처럼 최면을 거는 듯했다.

"재미있냐고? 재밌지 않을 리 없잖아? 폭력은 비디오 게임, 전쟁은 뉴스 속보, 착취는 초콜릿, 생명 경시는 모피 코트, 환성 오염은 아보카도와 스포츠카의 모습을 하고 있는데. 이 신명 나는 파티의 클라이맥스에선 돈이 비처럼 내려. 모두가 쇼를 좋아하잖아? '쇼는 계속될지어다!'"

사람들은 극복하는 인간을 좋아하거든.

"난 야구였구나."
"뭐?"
정인이 피식 웃었다.
"나한테는 지긋지긋한 이 시간이 누군가한테는 이야기고 스포츠고 파티인 거예요?"
"바로 맞혔어! 하지만 넌 그 파티에 초대받지 못했지. 평생 햄버거를 씹으며 진열장 너머 반짝이는 걸 구경만 할 거야?"
악마의 속삭임은 밤보다 깊고 벨벳보다 부드러웠다.
"존 메이너드 케인스가 가로되, '돈이 없으면 야만이 살아난다!' 네 야만을 나에게 팔아. 넉넉히 값을 쳐줄게."
"폐지에 박스에 폐전선 구리에, 이젠 나까지 킬로당 값을 쳐서 팔라고요?"
하지만 정인의 마음속 달그락거리는 조각들은 밤을 뚫고 벨벳을 찢어 놓았다.

140

"가요. 꺼져. 다시는 내 앞에 나타나지 마."

*

악마는 가지 않았다. 어둠 속에 웅크리고 앉아 헤이즐넛 냄새와 흙냄새와 서러운 짠내를 맡았다.

"어머, 천하의 헬렐 님께서 밥도 못 얻어먹고 쫓겨난 꼴이라니."

그림자 속에서 가느다란 뿔과 박쥐 날개가 돋아나더니 이내 방정맞게 깔깔거렸다.

"하긴. 이 땅의 말로 헬렐, 그러니까 샛별의 다른 이름이 '개밥바라기'라죠? Nomen est Omen!˙ 지금 헬렐 님 처지에 딱이네요. 밥을 바라는 개. 사냥이 잘 안 풀리셨나 봐요. 그렇다면 저 귀여운 멧새를 제가 채가도 될까요?"

몽마가 푸드덕 날갯짓하려는데, 어둠 속에서 튀어나온 금빛 손톱이 몽마의 뒷덜미에 박혔다. 큭, 하는 신음과 함께 몽마가 땅에 처박혔다. 금빛 눈동자가 형형하게 빛났다.

"혹여라도 소년을 건드리면 다음번 내 식탁엔 네가 올 거다. 알아들었는가?"

˙ '이름은 운명을 암시한다'라는 뜻의 라틴어 속담.

몽마가 정신없이 고개를 끄덕였다. 금안의 빛이 꺼지자 몽마는 어둠 속으로 사라졌고, 짐승은 다시 몸을 웅크렸다.

정인은 발뒤꿈치를 들고 조심스레 방으로 들어갔다. 불 꺼진 방에 가라앉은 숨소리가 안개처럼 깔렸다. 이부자리에 누워 있는 할머니가 잠들지 않았다는 걸 정인은 알았다. 정인이 알고 있다는 걸 할머니도 알 터였다. 하지만 정인은 할머니를 깨우지 않으려는 듯 소리를 죽였고, 할머니도 그에 응답하듯 일어나지 않았다. 한 칸짜리 집에는 갈등을 넣어 둘 수납 공간이 없다. 그러니 눈에 훤히 보여도 딴청을 부리며 적당히 넘어가야 했다.

다음 날 아침 정인이 일어났을 땐 고양이도 없었고 할머니도 없었고 바퀴가 말썽인 리어카도 없었다. 할머니는 평소보다 일찍 리어카를 끌고 나간 것 같았다. 방 한쪽에 할머니가 차려 놓고 간 밥상이 있었다. 정인은 밥상을 물끄러미 바라보다 돌아섰다. 배고프지 않았다. 저런 초라한 밥상 말고 다른 걸 받고 싶었다. 식욕은 없지만 식탐은 있다는 게 무슨 뜻인지 조금은 알 것 같았다.

16. 잡초

중학생이
라고 치자 포털 사이트가 몇 가지 검색어를 추천해 주었다.

중학생이 읽어야 할 고전 문학

중학생이 알아야 할 4차 산업 혁명

중학생이 알아야 할 필수 영문법

중학생이 받고 싶은 생일 선물

중학생이 좋아하는 옷 브랜드

포털 사이트는 중학생이라면 모름지기 고전 문학을 읽고 4차 산업 혁명과 영문법을 공부하며 생일 선물로 브랜드 의류를 주고받아야 한다고 생각하는 것 같았다. 정인은 추천 기능을 꺼 버렸다.

중학생이 할 수 있는 알바

오늘은 중학생이 할 수 있는 알바에 대해서 알아볼게요. 알바란 업소에 고용되어 업무를 하고 고용자에게 돈을 받는 행위를 말해요. 중학생이 할 수 있는 알바란 중학생이 고용되어 할 수 있는 업무를 말하겠죠? 오늘은 중학생이 할 수 있는 알바에 대해 알아보았어요. 제가 생각하기에 중학생은 알바를 하기에 너무 어린 것 같네요. 중학생은 아직 공부를 해야 할 나이니까요~ 포스팅을 재미있게 보셨으면 공감 버튼 눌러주세요. ^^

낚였다.

중학생도 할 수 있는 알바! 톡만 하면 포인트가 들어오는 알바를 소개합니다! 단, 부모님의 개자 번호가 필요합니다. 입력만 하면 최저 시급을 훌쩍 뛰어넘는 포인트를 지급받고, 현금처럼 바로 사용 가능해요. 아래는 제가 포인트를 모아 구입한 기프티콘과 게임 아이템인데요. 부모님 몰래 입력해서……

또 낚였다.

"망할······."

맞은편 컴퓨터를 쓰는 아저씨가 게임에서 한 방 먹었는지 욕을 뱉었다. 정인의 상황을 대변해 주는 것 같았다. 게다가 저 망할 게시물, 맞춤법도 틀렸어. 개자 번호가 아니라 계좌 번호잖아. 부모님도 없고 계좌 번호도 없지만 나도 그 정도는 안다고.

한 시간에 1,500원짜리 피시방은 한낮인데도 햇빛이 들지 않았고 담배 연기와 라면 냄새만 가득했다.

1,500원을 주고 산 귀한 한 시간 중 이제 삼십 분이 남았다. 부지런히 검색했지만 '중학생이 할 수 있는 알바'는 인터넷이라는 책의 모든 페이지를 뒤져도 찾지 못할 것 같았다.

게임이나 한 판 하자.

정인은 야구 게임을 켰다. 휴대 전화의 작은 화면으로만 보던 게임을 큰 모니터로 보니 필드가 훅 넓어진 것 같았다.

— 딱!

경쾌한 소리와 함께 공이 날아올랐다.

— 딱!

또 한 번.

— 딱!

한 번만 더······.

모니터에서 나오는 빛을 받은 정인의 얼굴이 파랗게 물들었다.

피시방을 나왔지만 갈 곳이 없었다. 할 일도 없었다. 폐지나 주워 볼까 하다가 관뒀다. 괜히 폐지를 바꾸러 재활용 수거 업체를 어슬렁거리다가 할머니라도 만나면 어떡해. 오늘은 그 고장 난 리어카를 뒤에서 밀어 줄 기분도 아니었다. 학교에서, 재활용 수거 업체에서 최대한 멀리, 하지만 집으로 돌아가는 길에서는 아주 벗어나지는 않게 걸었다. 이 와중에도 집에 돌아갈 거리를 계산하다니 한심했다. 걷다 보니 공원이었고, 벤치가 있었고, 그래서 앉았다. 유아차를 밀고 가는 아주머니가 보였다. 트로트 음악을 요란스레 울리며 지나가는 할아버지가 보였다. 신경질적으로 전화를 받으며 지나가는 중년 남자가 보였다. 형광색 '공공 근로' 조끼를 입은 아저씨가 공원 화단에서 돌과 풀을 골라내는 모습이 보였다. 검은 고양이가 보였다.

……응? 아니, 검은 고양이는 없었다. 잘못 본 모양이었다. 이제 헛것이 다 보인다고 생각하며 정인은 벤치에 늘어지듯 기대어 앉아 길게 숨을 내쉬었다.

공원을 지나가는 사람들은 죄다 바빠 보였다. 다들 목적지가 있고, 뭘 해야 할지 아는 것 같았다. 정인만 멍하니 앉아 있었다. 어디로 가라, 뭘 해라, 누가 훈수라도 두면 좋겠는데. 4천만 명이 이용한다는 포털 사이트도 답을 주지 못했지.

형광색 조끼를 입은 아저씨가 화단에서 골라낸 돌과 풀을 정인이 앉은 벤치 쪽으로 던졌다. 정인도 아는 식물이었다.

"아저씨! 얘를 왜 뽑아요?"

"응?"

"멀쩡한 애를 왜 뽑냐고요."

"왜긴 왜야. 잡초니까 뽑지."

"얘가 왜 잡초예요? 이름도 있는데. 얘 이름은…….."

얘 이름은 달개비야.

"달개비고 뭐고, 쓸 데도 없는데 너무 자라. 줄기만 잘라 내면 또 뿌리를 내려서 배로 불어. 뿌리까지 뽑아내야 돼."

형광색 조끼 아저씨는 정인을 상대하기 귀찮다는 듯 손을 내저었다. 뿌리째 들려 나온 달개비는 아스팔트 바닥 위에서 풀 죽은 채 말라 갔다.

아무 데서나 잘 자라. 무던하고, 까다롭지 않고. 그런데 꽃은 너무 짧게 피어. 하루면 시들어 버리거든. 그래서 꽃말도……

정인이 고개를 들었다. 공원은 평화로웠다. 지나는 사람들은 다들 정인이 모르는 무언가를 아는 것 같았다. 개자 번호든 계좌 번호든 아무튼 번호도 있고, 그 번호를 넉넉하게 채우는 뭔가도 있어 보였다.

하지만 정인은 평화롭지 않았다. 지긋지긋하고 화가 났다. 중학생이 할 수 있는 알바 게시물처럼, 정인이 찾아낸 것은 죄다 오답이었다. 오답만 가득한 세상이 정인에게는 곧 지옥이었다.

정인은 제 발치에 떨어진 돌멩이를 주워 들었다. 그리고 돌아섰다. 형광색 공공 근로 조끼를 입은 아저씨를 지나쳤다. 신경질적으로 전화를 받으며 지나가는 중년 남자를 지나쳤다. 트로트 음악을 요란스레 울리며 지나가는 할아버지를 지나쳤다. 유아차를 밀고 가는 아주머니를 지나쳤다. 그리고 검은 고양이를 지나쳤다. 검은 고양이가 씨익 미소 지었다. 그러고는 그림자 속으로 사라졌다. 하지만 미소는 고양이가 사라진 뒤에도 꽤 오랫동안 남아 있었다. 체셔 고양이의 미소처럼.

17. 스트라이크

저기요, 형씨. 여기 햄버거 힐을 몇 번이나 오르내렸죠?
우리는 이 언덕을… 빌어먹을, 한 아홉 번 오르내렸나? •

정인의 심장이 아홉 번보다 더 오르내렸다. 가슴이 쿵쾅거리며 뛰었다. 심장에서 귀로 이어지는 밸브가 활짝 열려 피가 쏠리다 못해 귓구멍으로 증기가 뿜어져 나오는 것 같았다. 저기, 골목 끝에 햄버거 힐이 보였다. 골목의 다른 상점들은 무채색이 되어 배경 속으로 사라졌고 햄버거 힐만 화려한 원색으로 도드라졌다.

정인이 햄버거 힐 앞에 섰다. 아무도 없었다. 아니, 그런 것처럼

• 영화 〈햄버거 힐〉 중에서.

보였다. 정인은 주머니에 손을 넣어 돌멩이를 꺼냈다. 움켜쥔 손에 땀이 배어 돌멩이의 겉면이 젖어 드는 게 느껴졌다.

삼진을 잡아 낼 수 있을까요?

환호하는 관객들의 음성을 뚫고, 장내 아나운서가 외쳤다. 정인은 돌멩이를 쥔 왼팔을 머리 위로 들었다. 관객들의 환호성이 더욱 커졌다.

좌완 투수야. '강속구를 던지는 좌완 투수는 지옥에 가서라도 데리고 와야 한다'는 말이 있는데 딱 그런 투수지.

정인이 돌멩이로 햄버거 힐 정면을 겨냥했다. 사장님은 부엌에 들어갔는지 보이지 않았다. 유통 기한 지난 패티를 쓰레기봉투에 쑤셔 담느라 바쁠지도. 왼팔과 오른 다리를 들었다. 슬로 모션으로 재생하듯 모든 것이 느리게 움직였다.

스트라이크!

유리 깨지는 소리와 함께 정인은 상상 속 마운드에서 현실로 돌아왔다. 햄버거 힐의 유리창이 박살 나 있었다. 정인이 피칭한 돌멩이가 카운터 앞 바닥에 떨어졌다. 현실감과 두려움이 몽롱한 정신을 깨웠다. 정인이 뒷걸음쳤다.

"저거 현정인 아냐?"

제 이름을 부르는 소리에 정인이 돌아보았다. 학원 주말반에 가려는 아이들이 모여 있었고…….

재아와 눈이 마주쳤다.

나도 그 근처 학원 다니거든.

돌아보지 말걸.

어디서부터 봤을까? 어디까지 봤을까?

물어보지 않아도 알 수 있었다. 당혹스러워하는 재아의 눈이 말해 주고 있었으니까. 재아가 부르기 전에, 왜 그랬냐고 묻기 전에 도망쳐야 했다.

정인은 사거리로 튀어 나갔다. 경음기 소리가 빵빵거리며 요란하게 울렸다. 누군가가 뒤에서 다급하게 외쳤다.

"정인아!"

돌아보지 말걸.

왜 또 돌아봤을까, 바보같이.

정인이 돌아본 순간, 무서운 속도로 달려오던 배달 오토바이가 급제동을 했다. 휘청거리는 오토바이를 피해 트럭이 방향을 꺾었고, 마주 오던 리어카와 부딪혔다. 리어카는 트럭을 피하려는 듯 방향을 바꿨지만…… 바퀴가 너무 무거운 것 같았다. 손톱으로 칠판을 긁는 것처럼 기분 나쁜 소리가 났다. 리어카에 실려 있던 폐지가 허공으로 떠올랐다 떨어졌다. 떨어지는 폐지 사이로 익숙한 실루엣이 보였다. 해가 녹진하게 풀어져 노을로 번지는 탓에 알아보기가 쉽지 않았다. 정인이 눈을 끔뻑거렸다.

"학생, 괜찮아? 안 다쳤어?"

누군가 정인을 끌어당기며 물었다. 정인은 대답하지 않았다. 대답 대신 그저 눈과 뇌가 이 상황에 적응하기를 기다렸다. 저 익숙해 보이는 실루엣이 사실 익숙한 것이 아니고 정인의 착각일 뿐이란 걸 깨닫길. 그래, 잘못 본 거야. 하지만 점점 시야가 뚜렷해졌고 모든 게 확실해졌다. 착각이 아니었다.

"……할머니?"

할머니가 왜 저기 있지?

왜 저기 누워 있는 거지?

할머니 밑으로 흐르는 저건 또 뭐지?

18. 만약에

   코치님이 병원 수속을 도와주었다. 입원 약정서를 써야 한다는데 수학 문제집을 술술 푸는 정인은 정작 한 글자도 쓸 수 없었고, 문제집 한 장 넘겨 본 적 없다는 코치님이 다 했다.

   "경찰서도 내가 다녀올 테니까, 당분간 너는 아무 생각 말고 할머니 옆에만 있어라."

   박 코치가 이글스 캡 모자를 벗었다가 머리를 긁고 다시 썼다. 그러고는 덧붙였다.

   "리어카 바퀴도 성치 않은데……. 너희 할머니가 어쩌다 여기까지 오셨는지 모르겠다. 여기가 할머니 구역도 아니고."

   오른쪽 바큇살만 망가진 줄 알았더니 왼쪽도 그런다고 할머니가 그랬다. 요즘에는 재활용품을 트럭으로 싣고 간다고, 건물주가 따로 모아서 팔기도 한다고, 그랬다, 할머니가.

그러니까 할머니가 바퀴도 성치 않은 리어카를 끌고 자기 구역이 아닌 학원가 사거리까지 온 이유는, 어쩌면 정인 때문일 것이다. 구역을 돌고 돌아도 걷히는 이삭이 없으니 평소 오지 않던 길을 따라 학원가 사거리까지 왔겠지. 어쩌면 손주가 아르바이트를 하는 가게라도 한번 들여다볼까, 생각했을지도 모른다. 그런데 그 사이 정인은 유리창을 깼고, 사거리를 튀어 나갔고, 그런 정인을 피하려고 오토바이가 방향을 틀었고, 그런 오토바이를 피하려고 트럭이 방향을 틀었고, 할머니는 리어카 오른쪽 바큇살만 망가진 줄 알았는데 왼쪽도 그래서, 그래서 못 피했고, 그래서…….

"모르겠어요."

하지만 그렇게 말하면, 할머니가 여기까지 온 게 제 탓이라고 인정해 버리면, 도저히 견딜 수 없을 것 같았다. 그래서 정인은 그냥 모르겠다고 했고 박 코치도 더 묻지 않았다. 코치님이 꼬치꼬치 캐묻지 않아서 다행이라고 생각했다. 하지만 사실 꼬치꼬치 캐물으며 몰아붙이는 건 코치님이 아니라 정인 자신이었다.

만약에.

만약에 내가 더 빨리 할머니를 봤더라면, 그래서 할머니를 불렀다면, 할머니는 괜찮았을까.

만약에.

만약에 내가 거기 없었다면, 돌을 던지러 가지 않았다면, 할머니는 괜찮았을까.

만약에.

만약에 내가 없었더라면, 그래서 할머니가 폐지를 줍지 않아도 됐다면…….

공기 중에 '만약에'가 가득 차 있었다. 축축하고 어두운 정인의 머릿속에서 만약에는 풍성하게 포자를 터뜨렸다. 만약에, 할머니가 저 문을 열고 나온다면, 그런다면, 이 모든 만약에가 다 걷힐 것 같은데…….

문 하나 너머에 있는 할머니가 영원처럼 멀게 느껴졌다. 문 이쪽은 삶, 저쪽은 죽음. 삶과 죽음을 가르는 문은 요란한 소음을 냈다. 대기실 문이 열렸다 닫혔다 다시 열리는 걸 노려보고 있는데 옆자리 아줌마가 정인의 어깨를 두드렸다. 아줌마는 분홍색 플라스틱 슬리퍼를 신고 있었다. 칙칙하게 가라앉은 대기실에서 밝은 분홍색 슬리퍼는 유독 눈에 띄었다.

"할머니 따라왔다고 했니? 어차피 할머니 못 봐. 여기 있지 말고 어디 가서 눈 좀 붙이지."

"어디요?"

"……."

"어디로 가요?"

사람들이 고개를 들어 아줌마를 보았다. 모두 정인과 같은 표정이다. 누군가 답을 말해 주길 바라는 표정.

어려운 수학 문제, 9회 말까지 안 풀리는 경기, 그런 건 이제 아무것도 아니다. 결국 아줌마도 고개를 주억거렸다.

"하긴, 갈 데가 없지. 여기 말고 어디 있겠어."

정인은 딱딱한 대기실 의자 위에서 무릎을 세우고 몸을 웅크렸다. 긴장이 풀린 몸이 식으며 한기가 돌았다. 잠들까 봐 무서웠다. 잠이 들어서, 놓치면 안 되는 순간을 놓치게 될까 봐. 하지만 동시에 그 순간을 보게 될까 무서웠다. 가물가물 잠이 오는데 눈에 힘을 주며 참았다. 그런데도 자꾸 시야가 흐려졌다.

엄마…… 나 무서워.

하지만 엄마는 없다. 할머니도 없다. 뭐라도 붙잡을 수 있는 것, 부드럽고 따뜻한 것. 고양이…… 그래, 고양이라도 있었으면 좋겠다. 고양이라도 괜찮으니까 내 옆에 있어 주면 좋겠어.

"……헬렐?"

흐릿한 시야를 가르며 검은 고양이가 나타났다. 정인이 화들짝 몸을 일으켰다. 다시 보니 고양이가 아니라 검은 남자다. 검은 정장을 입고 검은 구두를 신은 남자. 하긴, 중환자실 대기실에 어떻게 고양이가 들어오겠어. 헬렐일 리 없지. 그런데도 정인은 남자한테서 눈을 뗄 수가 없었다.

남자는 말없이 사람들 사이를 가로지르며 무언가를 나누어 주었다. 남자가 움직일 때마다 경쾌한 발소리가 났다. 그 소리가 정인 앞에서 멎었고, 코 아래 검은 구두가 보였다. 곧 정인의 손에 네모나고 딱딱한 카드가 쥐어졌다. 금색으로 반짝거리는 카드, 그건 명함이었다.

계좌 번호만 준비하세요. 보험금 두 배로 받아드립니다. 상담 환영.

맞춤법은 맞았네.

명함의 뒷면에는 전화번호와 함께 짧은 문장이 있었다.

그 어떤 인간도 본 적이 없는 걸 보여드리지요.•

—파우스트

낯익은 이름이다.

일찍이 파우스트는 내 덕에 무한한 지식을 얻었고……

• 실제로는 파우스트를 유혹하는 악마의 대사이다.

"저 사람 이름이 파우스트예요?"

"낸들 알겠니."

슬리퍼 아줌마도 명함을 들여다보고 있었다.

"어떤 인간도 본 적이 없는 게 뭔데요?"

"저 문이 열리면 알겠지. 죽을지, 살지, 병원비는 어떻게 감당할지, 앞으로 어떻게 살아야 할지……"

아줌마는 응급실 문을 바라보며 중얼거렸다. 정인에게 하는 말인지, 아줌마 자신에게 하는 말인지 알 수 없었다. 하기야 누군들 답을 알겠어. 안다면 저런 표정을 하고 있진 않겠지.

만약에

할머니가 중환자실에서 나오면,

그 다음은 어떡하지?

19. 밤비

정인은 기다렸다.

중환자실 문은 굳게 닫혀 있었고 아침저녁 딱 이십 분씩만 면회가 됐다. 면회라고 해 봤자 별거 없었다. 닫힌 문이 열리면 그 안에 들어가서 누워 있는 할머니를 구경하다 나오는 게 다였다.

그래도 그때만큼은 '만약에'한테서 도망칠 수 있었다. 하지만 그 이십 분뿐이었다.

병원에서의 시간은 기묘하게 흘렀다. 시간이라는 놈은 정신없이 스치다가도 정신을 차리면 느릿느릿 굼떴다. 바깥 세상과의 시차를 맞춰 주는 건 텔레비전이었다. 보호자 대기실에는 창문조차 없어서, 볼 거라곤 벽에 붙은 텔레비전뿐이었다.

재활용 수거 센터 사무실에 있는 것만큼 옹색한 텔레비전. 정인의 세계가 뒤집혔어도 그 안의 세계는 그대로였다. 화려한 옷,

맛있는 음식, 값비싼 집과 차가 있는 세계. 그 속의 사람들은 게임 속 캐릭터들처럼 웃기만 했다. 예능 프로그램이 끝나고 이어진 뉴스에서는 연일 내리는 비 때문에 야구 경기가 연기되었다는 보도가 나왔다. 사람들이 씨근거렸다.

"뭔 지랄로 비만 온대."

창문이 없어도 내리는 비를, 폐를 가득 채우는 습한 공기를 느낄 수 있었다. 축축하게 젖은 시간은 끈적하게 들러붙었고 기분 나쁜 발자국을 남겼다.

시간을 견디기 위해 정인은 게임을 했다. 두 판, 세 판, 네 판……. 몇 판을 하든 결국엔 정인이 졌다. 잘 풀리나 싶다가도 물을 먹었다.

—스트라이크!

모처럼 게임이 잘 풀렸다. 거의 다 왔어. 정인은 휴대 전화 속으로 빨려 들어갈 듯이 목을 길게 뺐다.

"아가, 이거 좀 먹어 봐라."

정인을 끄집어낸 건 슬리퍼 아줌마였다. 아줌마가 은박지에 싼 김밥을 내밀었다.

놓치네요 —

아, 뭐야.

정인은 한숨을 팍 쉬고는 등을 돌렸다.

"여기 와서 한 끼도 안 먹고 내내 자리만 지키고 있었잖아."

"……."

"병원에 들어오면 그다음부터는 시간 싸움이야. 먹기 싫어도 먹고 자기 싫어도 자고. 몸 챙기면서 버텨야 해. 네가 이러고 있는다고 할머니가 더 빨리 일어나고 그런 거 아니다."

……난 병원에 들어오기 전부터 시간이랑 싸웠는데.

YOU LOSE

휴대 전화 게임 화면에 커다랗게 메시지가 나타났다.

결국 정인이 졌다.

정인이 노려보자 아줌마가 움찔했다. 한쪽 무릎을 세우고 앉은 아줌마가 말할 때마다 의자 끄트머리에서 덜렁거리던 분홍색 슬리퍼는 기어코 아줌마의 발에서 미끄러져 바닥으로 떨어졌다. 정인은 김밥에 눈길도 주지 않고 의자를 박차고 일어났다. 나가는 정인의 발에 분홍색 슬리퍼가 걸려 대기실 저 끝으로 굴러갔다. 보호자 대기실 문을 나서려던 정인은 제가 걷어찬 슬리퍼를 보고 머뭇거리다…… 결국 슬리퍼를 아줌마 쪽으로 다시 밀어 주고는 나갔다.

막상 나오니 갈 데가 없었다. 배도 고팠다. 괜히 김밥을 봐서
는……. 이상하게 죄책감이 들었다. 마음을 써 준 건데 왜 그렇게
뻣뻣하게 굴었을까. 김밥 그거, 그냥 '고맙습니다' 하고 받을걸.
받아 들고 나올걸.

복도 창문으로 보이는 네모진 세상은 여전히 잔뜩 젖어 있었
다. 어두운 창문 위로 제 모습이 비쳤다. 유리창에 부딪혀 떨어지
는 빗물이 정인의 뺨과 겹쳐 보였다. 정인은 손등으로 뺨을 닦았
다. 밤비를 맞는 유리창이 상을 왜곡시키기라도 하는 건지, 또래
보다 큰 키도, 오늘따라 유독 쪼그라들어 보였다.

정인은 창문 아래 등을 대고 앉아 눈을 감았다. 눈을 감자 빗소
리가 더 가깝게 느껴졌다. 귓구멍으로 비가 가득 차올라 넘쳐 버
렸으면 좋겠다고, 모든 게 떠내려가 버렸으면 좋겠다고 정인은
생각했다.

부드러운 털과 따뜻한 체온이 느껴졌다. 고롱고롱 숨소리, 부스
럭하는 이불 소리도 들렸다.

"상상도 지나치면 병이다. 코끼리 뼈를 보고 짐승을 그리는 게
상상이라는 건데, 사람들 상상력이 지나쳐서 만들라는 코끼리는
안 만들고 애먼 귀신을 만들고 요괴도 만들고 그랬지. 그러다 자

기가 만든 귀신에 쫓기고 요괴에 잡아먹히고 그러는 거야."

"그럼 악마도 사람의 상상력이 만든 거야?"

"그렇지."

"사람은 왜 그래? 왜 그냥 있는 그대로 못 봐?"

"사람이 원래 그런 것이다. 네 이름자에도 쓴 사람 인(人) 말이
야. 작대기가 두 개잖아. 이런 상상, 저런 상상. 좋은 상상, 나쁜 상
상. 상상은 해 볼 수 있지, 사람이니까. 근데 상상을 끝낼 줄도 알
아야 한다."

할머니가 말했다. 정인은 슬쩍 제 발치를 내려다보았다. 하지
만 어둠이 삼킨 발치엔 오직 어둠밖에 보이지 않았다. 아, 꿈이었
구나. 그래, 다 꿈이었어. 끔찍한 꿈이었지만 괜찮아. 내가 끝낼 수
있어. 내 꿈이니까.

정인이는 할머니를 등지고 돌아누웠다. 부스럭, 하는 이불 소리
가 유독 크게 들렸다.

"만약에를 백 번 해도 네가 있어야지."

할머니의 목소리가 정인의 등을 감쌌다.

"나 없을 땐 어떻게 살았대?"

"그만 자, 이것아. 그렇게 하나하나 따지면서 어떻게 사니."

정인이 눈을 깜빡였다. 어둠이 몸통을 조여 오더니 미끄덩, 한
순간에 정인은 거대한 코끼리의 목구멍으로 넘어갔다. 낮을 통째
로 삼킨 코끼리의 위장은 너무 밝았다. 눈을 떴다. 형광등 불빛이

시리게 눈을 찌르고, 감각이 바짝 날을 세웠다.

딱딱하고 차가운 벽이 허리를 뻐근하게 짓눌렀다.
병원이다. 꿈이었어. 아니, 꿈이 아니었어. 뭐가 꿈이고 뭐가 꿈이 아닌지도 헷갈렸다. 뭐가 맞고 뭐가 틀린 건지, 모든 경계가 무너지는 것 같았다. 정인은 다시 눈을 감았다. 하룻밤 사이 할머니처럼 허리가 굽은 것 같았다. 허리를 곧게 세우려 했지만 정말로 폭삭 늙어 버렸는지 근육이 말을 듣질 않았다. 내버려 두자. 정인은 중력을 느끼며 깊게 숨을 쉬었다.
비가 제법 거셌지만 정인의 숨소리가 더 컸다. 한 숨, 한 숨을 다 느낄 수 있었다.

20. 네가 원한다면

"정인아."

낯익은 검은 단화가 정인 앞에 섰다. 휴대전화에 코를 박고 있던 정인이 고개를 들었다. 복지관 김지은 선생님이다. 다 똑같은 표정을 한 대기실 사람들만 보다가 선생님을 보니 반가웠다. 김지은 선생님은 병원 구내 식당으로 정인을 데려갔다.

"할머니는?"

숟가락을 내려놓을 즈음 선생님이 물었다. 그제야 정신이 들었다. 이미 육개장을 다 비운 다음이다.

"아직도 비 와요?"

"아니."

"……."

"할머니는 좀 어떠셔?"

"……몰라요. 계속 잠만 자요."

정인은 운동화 속에서 발가락을 꼼지락거렸다. 발바닥이 시큰하게 아픈 것 같다.

"선생님, 할머니가 안 깨어나면 어쩌죠?"

"깨어나실 거야."

"그럼, 깨어나면 어쩌죠?"

"……."

"어떤 인간도 보지 못한 걸 보게 될 거래요."

"누가 그런 말을 해?"

"파우스트라는 사람이요."

"뭐?"

"이거요."

정인이 주머니에 넣어 둔 명함을 꺼냈다. 명함을 받아 든 선생님이 인상을 찌푸렸다.

"이런 거 보지 마."

그러더니 주먹을 쥐어 구겨 버렸다.

"버리지 마세요."

"버려. 쓰레기야."

"선생님한테나 쓰레기겠죠!"

나한테는 그게 유일한 답일 수도 있는데. 그건 맞춤법도 맞았는데, 그러니까 거기 쓰인 다른 말이 맞을 수도 있잖아.

정인이 울컥했다. 꼭꼭 씹어 삼키지 않아서인지 육개장이 속에 얹힌 것 같았다.

"선생님."

가늘게 찢어 끓인 소고기와 고사리가 뚝배기 가장자리에서 말라 가고 있었다. 정인은 선생님이 아니라 그 육개장 건더기 조각을 보며 말했다.

"선생님은 그런 적 있으세요? 좋아하는 애가 말을 거는데 제 신경은 온통 운동화에 가 있는 거요."

"……"

"그런 걸 신경 안 쓰는 애들도 있잖아요. 저도 그러고 싶어요."

"방법이 있을 거야. 이런 게 아니어도……."

"맞아요. 방법이 있을 거예요."

"……"

"돈을 두 배로 받아 준다는데, 지금 같아선 그게 예수님이건 파우스트건 상관없을 것 같아요. 후원자가 되어 주겠다는 분한테 가서 불쌍한 척하면 절 도와주실까요?"

"정인아, 그건 불쌍한 척이 아니야."

"그분이 저한테 실망하면 어쩌죠? 저 그렇게 착하지 않은데. 저는 그렇게 영리하지도 않고 바르지도 않고 꿋꿋하지도 않아요. 저요, 알바하던 햄버거 가게 유리창 깼어요. 실수 아니에요. 돌멩이 던져서 깼어요. 완전 스트라이크로. 그러고 나니까 속이 시원했어요. 할머니가 이렇게 병원에 있지만 않으면 계속 시원했을 텐데."

"정인아……."

"저 먼저 갈게요."

식당 의자를 밀고 일어났다. 건물 안인데도, 꼭 질척이는 빗길을 밟는 기분이었다.

"어디 가려고?"

"모르겠어요. 아무 데나."

하늘이 물을 다 짜냈는지, 선생님 말대로 비가 그쳐 있었다. 병원을 나오자 모처럼 빛이 가득한 낮이었다. 태초에 빛이 있으라 하니 빛이 있었고, 그 빛이 보기에 좋았다는데……. 정인은 빛이 싫었다. 못난 꼴, 못난 마음을 훤히 비추는 빛이 싫었다. 비와 어둠 속에 숨고 싶었다.

왜 비가 그친 거지. 노아의 홍수처럼 아주 다 쓸어 가 버리지. 불행인지 다행인지 땅과 바다는 뒤집히지 않았고 집도 그대로 있었다. 그리고 거기, 재아도 있었다. 그늘진 골목 아래.

……왜?

왜 쟤가 저기 있지?

정인이 눈을 끔뻑거렸다. 하지만 진짜 재아였다. 어둑하게 가라앉은 골목에서 재아만 밝게 도드라졌다. 4만 프랑짜리 목걸이, 유리 구두 같았다. 그만큼 안 어울렸다. 인기척을 느꼈는지 재아가 고개를 들었다. 어색함과 반가움이 반반, 아니, 6 대 4, 어쩌면 7 대 3 정도로 섞인 표정이 재아의 얼굴에 차올랐다. 정인은 뒷걸음쳤다. 돌아서서 도망치듯 뛰었다.

　재아가 정인을 부르는 것 같았다. 이번에는 돌아보지 않을 거야. 정인은 그대로 골목을 꺾어 들어갔다. 정인이 지겹도록 오간 골목이 복잡해서 그나마 다행이었다. 정인이 담에 기대어 몸을 숨겼다. 정인의 뒤로 재아의 목소리가 따라붙는 것 같았다. 어디로 가야 하지? 더 숨을 곳이 있나? 땀이 배어 벽이 축축해졌다. 축축해진 벽 그림자가 기지개를 켰다. 그림자는 검은 고양이가 되더니 점점 몸을 더 길게 늘였다. 검은 그림자는 곧 검은 남자가 되었다.

　"나 좀 숨겨 줘요. 나 좀……."

　정인이 그림자에게 말했다. 검은 남자가 입을 길게 찢으며 미소 지었다. 하얗다 못해 푸른 빛이 도는 치아가 검은 남자와 극명한 대비를 보였다.

　"네가 원한다면."

　검은 남자가 소년을 감쌌다. 발을 딛고 선 땅이 훅 꺼졌다. 파란 불꽃이 일었다. 시야가 환하게 밝아지더니 갑자기 모든 것이 사라졌다.

21. 세상의 모든 것들

유황 냄새가 났다. 또 스파인가, 했지만 아니었다. 눈을 뜨자 오색의 물이 잔잔하게 흐르는 커다란 강이 보였다. 물은 뽀얀 흰색이었다가 검은색이었다가 노란색이었다가 붉은색이었다가 다시 검은색이 되었다. 마치 오로라처럼. 그 위에 램프를 단 곤돌라 한 대가 물살에 가볍게 흔들리고 있었고, 배 위에는 뱃사공도 있었다.

"카론!"

헬렐이 성이 난 듯 그의 이름을 소리쳐 부르자 뱃머리에 기대어 있던 사공이 후다닥 자리에서 일어났다.

"내가 근무 중에 술은 안 된다고 했을 텐데?"

"안 마셨어요."

"안 마시긴 뭘 안 마셔? 냄새가 여기까지 풍기는데. 바닥에 떨어진 병이나 치우고 말하든가."

카론이 허둥지둥 술병을 치우자 헬렐이 혀를 찼다.

"음주 운전으로 한 번 걸려 놓고 아직도 버릇을 못 고쳤어. 술 취한 채로 노 잡았다가 배 뒤집혀서 이승으로 돌려보낸 영혼만 몇인지. 아무튼 이승이나 저승이나 음주 운전은 사회악이라니까."

정인은 사회악에 대해 성토하는 악마를 보다가 입을 열었다.

"여기 혹시 지옥이에요? 나, 죽었어요?"

"아, 엄밀히 말하면 완전한 지옥은 아니고, 황천길 사이 중간계야. '아발론'이라고도 하지. 여기 보이는 강은 그 유명한 망각의 강, 레테야. 삶의 모든 번뇌와 괴로움을 강 너머에 두고 오라는 뜻이지. 저 뒤엔 법원이 있는데 망자들은 거기서 재판을 받아, 49일간."

정인은 헬렐이 이끄는 대로 카론의 곤돌라에 올랐다. 아닌 게 아니라 정말로 술 냄새가 났다. 헬렐이 다시 한번 혀를 차자 카론이 툴툴거렸다.

"아니, 저승사자들은 망자한테 술 얻어 마셔도 아무 소리 안 하면서……."

"현장직 애들이랑 너랑 같아? 걔들은 운전을 안 하잖아. 이래서 계약서를 쓸 때 신원 확인을 똑바로 해야 하는데. 뭘 모르고 뽑았지, 내가."

헬렐은 햄버거 힐 사장님과 똑같은 소리를 했고, 그러는 사이 곤돌라가 강의 저편에 닿았다. 덜컹, 하는 소리와 함께 곤돌라를 세운 카론은 정인을 보며 씩 웃었다.

"이봐, 이거 재밌어 보이지 않아? 한번 저어 볼래?"

"걔 아직 미성년자다. 그리고 명부에 없는 애야. 허튼수작 부리지 말고 일이나 똑바로 해."

그러자 카론은 입맛을 다시며 노를 내려놓았다.

"저놈이 너한테 노 잡아 보라고 해도 절대 잡지 마. 널 자기 밑에 배송원으로 들일 생각이야. 일단 노를 잡으면 다음 배송원이 들어올 때까지 절대 그만둘 수 없거든."

"안 잘려요? 정규직? 그건 좋은데요."

"그게 중요해? 아무튼 명부에 없는 영혼을 고용하면 내가 피곤해져. 명부에 있는 영혼 고용해도 피곤한데. 저, 저, 봐."

헬렐이 카론을 못마땅하게 흘겨보며 말했다. 헬렐과 정인을 내려 준 카론은 다시 뱃머리에 기대어 앉았고, 어디서 꺼냈는지 새로운 술병을 입에 물고 있었다.

"우와."

선착장에서 조금 걸어가자 화원이 나왔다. 꽃이 만개한 화원에 정인은 절로 입을 벌리며 감탄사를 뱉었다.

"예뻐요."

"손님을 환영하는 차원에서 이 정도는 꾸며 놔야지."

정인이 화원을 둘러보았다. 머무적머무적 감탄이 잦아들었다.

빈틈없이 아름다웠지만 뭔가 어색했다. 꽃은 화려하게 피었지만 향이 없었다. 화원을 채우는 건 유황 냄새뿐. 0.01퍼센트의 냄새 분자가 비었을 뿐인데 묘하게 밋밋했다. 게다가 화원이라면 꼭 있어야 할—

"빛이 없네요. 이 꽃들은 응달에서도 다 잘 자라나 봐요."

정인이 몸을 숙여 꽃을 자세히 들여다보았다. 그러고 보니 죄 낯이 익었다.

"이건 달개비, 이건 꽃무릇, 저건 계수나무. 맞죠? 뭐야, 다 내가 아는 꽃이잖아!"

헬렐이 한참 머뭇거리다 입을 열었다.

"여긴 네 상상을 벗어나지 못하거든. 네가 만든 지옥이니까. 그래서 완전한 지옥이 아니라고 한 거야."

"이 지옥을 내가 만들었다고요?"

"좋게 생각해. 다른 말로 하면 네가 상상하는 모든 게 여기 있다는 거니까. 저기, 보여? 일전에 네가 기대했던 네 잎 클로버."

악마가 가리킨 쪽에는 정말로, 네 개의 잎을 가진 클로버가 무성히 피어 있었다.

"상상하는 모든 게 이루어지는 곳에 온 걸 환영해, 소년. 네가 지금 꿈꾸는 건 뭐지? 뭘 원하나?"

"음……"

정인은 잠시 고민했다.

"나이키?"

"좋아, 그럼 일단은 나이키."

헬렌은 잘 훈련받은 웨이터처럼 정인을 이끌었다. 화원을 지나 대리석으로 장식된 입구로 들어서자 샹들리에를 밝힌 커다란 홀이 나왔다. 홀의 벽에는 반 아름 정도씩 거리를 두고 주물 손잡이가 달린 고풍스러운 문이 여러 개 늘어서 있었다. 헬렌이 그중 하나를 열고 정인을 앞세웠다.

유리와 거울로 장식한 전시실이 펼쳐졌다. 얼빠진 정인이 멍하니 서 있자 헬렌이 나서서 상품을 하나씩 설명했다.

"이건 프랑스 명품 브랜드와 협업한 한정판 제품. 이건 모델이었던 농구 선수가 경기에서 실제로 착용한 제품이고, 이건 유명 아티스트가 직접 무늬를 그려 넣은 제품이지. 기성품도 많아. 요즘 십 대들에게 인기 있는 라인은 이쪽인데, 둘러보고 뭐든 원하는 걸로 고르라고."

"세상에, 나이키 운동화가 이렇게 많아요?"

"세상의 모든 나이키가 여기 있지."

신상 나이키만 신는 태주가 특별한 줄 알았는데. 세상에 나이키 운동화가 이렇게 많다면 태주도 그냥 그중 하나였던 걸까? 정인은 유리 전시대 위에서 자태를 뽐내는 나이키 운동화 한 짝을 만지작거리다 그냥 내려놓았다.

"왜, 마음에 안 들어? 아예 하나밖에 없는 것도 있어. 유명인 사인이 들어간 거라든가."

"아뇨. 어쨌든 그것도 나이키잖아요."

"나이키가 갖고 싶다며."

"그랬는데……. 그랬죠."

"나 참. 인간들이란. 이래서 주가가 항상 널뛰기를 하는 거지."

"주가요? 주식?"

눈을 깜빡이자 다시 샹들리에가 있는 홀이었다. 헬렐이 홀 안쪽을 가리켰다. 정인이 미처 못 봤던 홀 안쪽에는 커다란 모니터가 있었고, 그 안에서는 꺾은선 그래프와 막대 그래프, 그리고 숫자 몇 개가 빨간색 파란색으로 요동쳤다.

"영혼 주가랑 실거래가야. 요즘엔 악마에게서 영혼을 가로채는 방법이 많아져서, 실거래가 변동도 커. 지금도 저렇게 움직이잖아. 아이쿠, 파란 불이네. 매수 타이밍이군."

악마가 버튼을 누르자 알람음과 함께 '매수 완료' 창이 모니터에 보였다.

"요즘은 이렇게 하는구나. 근데 소설 같은 데서 악마는 왜 굳이 계약을 맺는 거예요, 힘들게?"

"이렇게 물정을 몰라서야. 그거야 거래 방식의 차이지. 21세기 잖아! 와이파이를 십 분만 끊어 놓아도 꼭지가 돈 인간들의 영혼을 도매가로 구입할 수 있는 세상! 하지만 쉽게 구할 수 없는 것도 있거든. 주식을 인터넷으로 거래하는 시대에 크리스티나 소더비

경매가 살아남은 이유가 뭐겠어? 헨리 포드식 대량 공급이 아무리 흥해도 진짜는 전통적인 방식으로 거래해야 한다고."

"'진짜'가 뭔데요?"

"뭐든 네가 욕망하는 것! 상상력을 발휘해 보란 말이야. 최고급 스포츠카는 어때?"

"저 미성년자예요. 면허 없어요."

"그놈의 미성년자, 미성년자! 너 말하는 것만 보면 나이를 선결 제로 한 삼십 년 당겨 쓴 사람 같은데."

"철이 당겨서 들긴 했어요. 왜, 식물에 햇빛이 부족하면 위로만 가늘게 웃자란다면서요. 제가 좀 웃자랄 환경이었거든요."

헬렐이 고개를 끄덕였다.

"웃자란 식물에게는 늦거름을 줘야지. 디자이너 맞춤복! 명품 시계! 구두! 축구 클럽 회원권! 아니, 그냥 상상할 수 있는 모든 걸 줄게. 여기 있는 문을 하나씩 열면서 찾아, 네가 정말로 원하는 걸."

악마가 버라이어티 쇼의 진행자처럼 문을 가리켰다.

"어느 문 뒤에 그대가 욕망하는 대상이 있을까?"

22. 문 뒤

　정인이 문 앞에 섰다. 주물 손잡이가 달린 하얀색 문은 무척 유혹적으로 보였다. 문이 많았지만 모든 문의 겉모양은 똑같았다. 욕망이라는 게 결국은 다 같은 모양이라는 듯.

　"아무 문이나 열면 내가 상상하는 게 나온다고요? 이 문이 도대체 뭔데요?"

　"인간이 만들었지만 이제는 인간을 만드는 것. 뭐든 상상해 봐, 욕망하라고. 그 문이 거기로 널 데려다줄 테니까."

　"이 뒤에 법원 있다고 하지 않았어요? 근데 여긴 욕망의 문이 있고요?"

　"법원 주변은 유흥가야. 부동산 입지라는 게 원래 그래."

　정인이 문손잡이를 잡았다. 땀이 배어 나와 손잡이가 미끌거렸다. 손을 갖다 대었을 뿐인데 문이 저절로 밀리듯 열렸다.

끼이익.

조심스럽게 문 안쪽으로 발을 내디뎠다. 바람이 불지도 않았는데 저절로 문이 닫혔다. 정인이 놀라며 문을 돌아보기 무섭게 안쪽에서 목소리가 들렸다.

"탑승을 환영합니다, 고객님. 자리를 안내해 드리겠습니다."

몸에 잘 맞는 유니폼을 입고 머리를 단정하게 틀어 올린 승무원이 싱그럽게 미소 지었다. 정인은 어리둥절한 채로 승무원의 안내에 따라 자리에 앉았다. 자리는 널찍했고 가죽 쿠션은 편안했다. 승객이 더 있는지는 모르겠지만 일단 보이는 건 정인뿐이었고, 마주치는 승무원들은 모두 환하게 웃고 있었다.

"컨비니언트 클로스와 슬리퍼 준비해 드리겠습니다."

컨비니…… 뭐? 정인이 되묻기도 전에 승무원은 가 버렸다.

에라, 모르겠다. 뭐든 주는 대로 받고, 하라는 대로 하지 뭐. 동그란 창밖으로 구름이 보였다. 솜사탕 같기도 하고, 목화꽃 같기도 한 구름이 유리창 너머 손 닿으면 잡힐 듯한 거리에 떠 있었다. 발바닥으로 묵직하지만 기분 나쁘지 않은 진동이 느껴졌다. 승무원이 항공사 브랜드 자수가 놓인 잠옷과 슬리퍼를 들고 돌아왔다. 그러니까 컨비니 어쩌고는 잠옷이었다.

"저희 항공사가 의뢰하여 하이엔드 브랜드 디자이너가 직접 제작에 참여한 컨비니언트 클로스와 슬리퍼입니다."

정인은 여전히 어리둥절한 채로 옷을 갈아입고 슬리퍼를 신었다. 부드러운 천으로 된 옷이 살갗에 닿는 느낌이 좋았다.

현정인, 너 이번 수학여행에서 비행기 처음 타 보지? 비행기 탈 때 신발 벗고 타는 거 잊지 마라.

'신발, 벗는 거 맞네.'

정인은 슬리퍼를 신은 발을 쭉 뻗으며 생각했다. 버튼을 누르자 좌석이 편안하게 뒤로 젖혀졌다. 정인이 독차지한 네 칸의 창문으로 몽실몽실 구름이 피어났다. 하늘 어딘가에서 솜사탕 기계라도 돌리나.

잠시 후 승무원이 다시 나타났다.

"행복한 비행 즐기고 계신가요, 고객님? 퍼스트 클래스에서 제공하는 서비스에 대해 안내해 드려도 될까요?"

"어…… 네, 네!"

승무원이 정인의 좌석 옆에 무릎을 굽히고 앉았다. 저렇게 앉으면 불편할 텐데 승무원의 동작은 무척 자연스러웠다. 모든 게 매끈하고 완벽했다.

"식사는 고객님이 요청하신 시간에 제공됩니다. 저희 항공사는 국제 기내식 협회에서 최고 권위의 상을 수상한 바 있고……."

세상에 그런 협회도 있구나. 정인은 그저 아는 척 고개를 끄덕였다.

"애피타이저와 메인 디시, 디저트까지 코스 디너로 이루어지
며 스낵은 별도로 제공됩니다. 와인은 원하는 만큼 요청하실 수
있습니다. 저희가 보유하고 있는 와인은 프랑스 보르도 지역에서
독점 계약하여 들여온 것으로……"

"와인이요? 죄송한데, 저는 미성년자인데요……."

"물론 고객님은 미성년자시죠."

승무원이 뭐 그런 당연한 걸 묻냐는 듯, 다시 치아를 내보이며
웃었다. 정인을 정인보다도 더 잘 아는 게 이 항공사라는 듯.

"고객님을 위해 논 알코올 스파클링으로 준비했습니다. 고객님
께서 선호하시는 스트롱 핫초코도 준비되어 있으니 원하시면 벨
을 눌러 주시면 됩니다."

승무원의 태도는 젤을 발라 고정한 머리카락만큼이나 빈틈없
었고, 그래서 정인은 조금 무서워졌다. 딱 꼬집어 말할 수는 없지
만 그냥, 승무원이 하는 말을 절반도 알아듣지 못하겠다는 게, 아
마 승무원도 정인이 하는 말을 제대로 알아듣지는 못할 거라는
게 무서웠다.

"저기요."

정인은 돌아서는 승무원을 불러 세웠다. 바닥에 무릎을 꿇고 앉
았다 일어났지만 승무원의 바지는 여전히 빳빳했고 조금도 흐트
러진 구석이 없었다.

"이거 어디까지 가는 비행기예요? 언제 내려요?"

승무원의 표정이 사라졌다. 뭐 그런 걸 묻느냐는 듯. 하지만 곧 다시 미소 지었다.

"고객님이 요청하시는 곳까지요. 고객님께서 비행이 질리실 때까지."

정인이 자리에서 일어났다. 바닥은 여전히 묵직하게 진동하고 있었고 정인이 독점한 창문 밖은 구름이 가득했다. 정인을 응대하는 승무원을 비롯해서 모든 사람들이 정인을 보며 환하게 웃고 있었다. 불러만 달라는 듯. 언제든 기쁘게 응답하겠다는 듯. 정인은 누구보다 그 미소를 잘 알았다. 그건, 진짜가 아니었다. 햄버거 힐에서 정인이 태그 갈이한 패티와 함께 내놓던 것과 꼭 닮은 가짜였다.

"내릴게요."

"네?"

"지금 내릴래요."

"고객님, 여긴 해발 이만 팔천 피트 상공입니다. 지금은 내리실 수 없습니다."

"아니요. 어차피 이건 내 상상이잖아요."

정인은 승무원을 제치고 제가 들어온 입구를 향해 뛰었다. 일등석이 입구 쪽에 가까워서 다행이었다. 열림 밸브를 왼쪽으로 밀자 입구에 빨갛게 경고등이 들어왔다.

"고객님!"

문이 열리지 않았다. 누군가 밖에서 문을 밀고 있는 것 같았다. 오히려 정인이 뒤로 밀려났다. 정인을 향해 미소 짓던 사람들이 모두 미소를 거뒀다. 그들은 무표정하게 정인을 향해 다가왔다, 좀비처럼. 그게 그들의 진짜 얼굴이었다. 그들에겐 냄새가 없었다. 사람의 체취가 없었다. 향기가 없는 중간계의 꽃처럼.

"캐빈 크루, 캐빈 크루, 여기 승객 움직이지 못하게……"

정인이 다시 한번, 이번에는 조금 떨어진 곳에서 달려와 체중을 실어 부딪혔다. 그제야 저편에서 버티던 힘이 밀려났다. 문이 열리며 차가운 공기가 들어오고 섬광이 비쳤다. 섬광 속에서 승무원들이, 그리고 비행기 기내가 환하게 녹아내렸다.

다시 샹들리에와 대리석으로 장식된 홀. 정인은 제가 뛰쳐나온 문을 돌아보았다. 비행기 입구가 아닌, 주물 손잡이가 달린 하얀색 문이었다. 상상…… 맞지? 손이 떨렸다. 분명 상상인데, 손바닥에 길고 불그스름하게 남은 자국은 비행기 열림 밸브의 형태 그대로였다. 게다가 여전히 정인은 하이엔드 브랜드 디자이너가 직접 제작에 참여했다는, 항공사 브랜드 자수가 놓인 잠옷을 입고 있었고, 슬리퍼 한 짝은 소란을 피우는 사이 벗겨졌는지 한 짝만 남아 있었다. 정인은 한 짝을 마저 벗었다. 맨발에 차가운 대리석이 닿자 등골에 오스스 소름이 돋았다. 정인은 다음 문 앞에 섰다.

182

방금 열고 나온 문과 같은 모양의 문이었다.

나이키 전시관에 항공기 일등석에, 이제 뭐가 나와도 놀라지 않을 줄 알았는데…….

처음 보는 방이었지만 침대에 엎드린 뒷모습은 익숙했다.
"할 말 없다고. 나가."
축축하게 젖은 목소리. 수업 끝나기 오 분 전 '선생님, 어제 숙제 있었는데요.'라고 말하는 카랑카랑한 목소리, 빛이 덜 드는 학교 뒤켠에서 '애네는 내가 관심을 보인 만큼 돌려줘. 그게 고맙고 예뻐.'라고 말하는 낮고 차분한 목소리, '맡아 봐'라고 속삭이던, 청량하게 울리는 목소리까지. 많은 목소리를 들었지만 이렇게 울음에 푹 담갔다 꺼낸 목소리는 처음이었다. 이 애한테는 참 많은 소리가 있었구나.
"나가라고 했잖—"
재아가 몸을 일으켰다. 그러더니 그득 흘러가던 물이 멈춘 것처럼 젖은 목소리가 반짝 말랐다.
"현정인?"
당황한 쪽은 정인이었다. 재아는, 너무 진짜 같았다. 목소리도, 말투도.
"갑자기 여긴 어떻게…… 어디 갔다가 온 거야?"

"어?"

"그거, 비행기……"

정인은 재아가 자신의 옷을 보고 있는 걸 깨닫고 허둥거렸다. 정인은 손바닥으로 항공사 브랜드 자수를 가렸지만, 이미 늦었다는 걸 알았다.

"토요일에는 사거리에서 다친 리어카 할머니 따라 구급차 타고 가 버리더니, 월요일에는 학교도 안 나와서 걱정했어."

"……."

"선생님도 걱정하셔서 내가 너희 집 주소 받아서 찾아갔었는데, 도저히 집을 못 찾겠더라고."

재아가 정인을 빤히 쳐다보았다. 그때 너 나 봤지?라는 듯. 정인이 딴청을 피우자 재아의 목소리에 날이 섰다.

"수학여행 안 간다더니, 더 좋은 데 갔었나 보네."

이 와중에도 입이 안 떨어졌다. 어차피 꿈인데, 다 정인의 상상인데. 사거리에서 다친 리어카 할머니가 사실 우리 할머니고, 좋은 데 다녀온 게 아니라 지옥에 있다가 왔다는 말은 목구멍에 걸려 나오지 않았다.

"나도 수학여행 안 가기로 했어. 나랑 너랑 같이 학교 남아서 수업 들으면 되겠다."

"어?"

재아는 회장이고, 반에서 수학여행을 꼭 가야 하는 아이를 한

명만 꼽으라고 하면 바로 재아다. 정인의 존재감이 0.2인분이라면, 재아는 혼자서 1.2인분, 아니, 그 이상의 존재감을 뿜어내는 아이니까. 근데 수학여행을 안 간다고?

"왜 안 가는지 궁금해?"

"궁금한데, 안 물어볼래. 네가 이야기하고 싶다면 몰라도."

"물어봐도 돼. 아니, 물어봐 줘."

"왜 안 가는데?"

"사실 못 가는 거야. 엄마랑 싸웠거든. 엄마가 그럴 거면 수학여행도 가지 말라잖아."

"그럴 거면?"

"바이올린 그만두겠다고 했어."

재아가 웃었다. 하지만 그 웃음에는 종소리가 들리지 않았다. 솜사탕 냄새도 나지 않았다.

"못 하겠다고, 관두고 원예 공부 하겠다고 했어. 고등학교도 그쪽으로 가겠다고. 그랬다가 난리 났지 뭐."

"왜 난리가 나?"

"진짜로 묻는 거야? 하긴, 넌 뭐랄까…… 네가 뭘 해야 할지 확실히 아는 애 같더라."

"그렇게 보였어?"

"항상."

당장 내일 뭘 해야 할지도 모르겠는데. 헬렌이 물었을 때도 대답 못 했는데. 오히려 뭘 해야 할지 아는 건 재아인 것 같았는데.

"나도 엄마가 노력했다는 거 알아. 그래서 미안해. 미안해서 지금까지 버텼어. 근데 이젠 진짜 도저히 못 하겠어."

재아가 손바닥으로 얼굴을 감쌌다.

"제일 속상한 건, 엄마가 이해되는 거, 그래서 엄마를 막 욕하지도 못 하겠는 거. 그게 너무 속상해. 넌…… 넌 모르지? 넌 네가 뭘 해야 하는지 아니까. 넌 나처럼 막…… 이러지 않으니까."

손바닥으로 얼굴을 가린 재아의 어깨가 가늘게 떨렸다. 정인은 재아가 앉은 침대 한편에 살짝 걸터앉았다. 엉덩이를 대자 침대 매트리스가 부드럽게 꺼졌다. 진짜처럼.

"나도 알아."

재아가 고개를 들었다.

"나도 그런 적 있거든. 너랑 똑같지는 않지만. 아니, 똑같을 수가 없지. 난……."

목구멍에 걸렸던 말이 드디어 나왔다.

"사거리에서 다친 리어카 할머니…… 우리 할머니야."

더듬더듬 말이 제 자리를 찾아갔다. 정인은 재아가 제 말을 이해할 수 있기를 바랐다. 다른 세상에 사는 그 애가, 다른 공기를 마시는 그 애가, 부디 정인이 하는 단어를, 문장을, 말의 무게를 이해할 수 있기를.

"왜 그랬을까, 하는 생각이 자꾸 들어. 왜 그런 식으로밖에 못

했을까. 할머니도, 나도. 왜 그렇게 혼자 감당할 수 있다고 우겼던 걸까. 혼자 하지도 못할 거면서. 힘든 게 있어도 없는 척, 눈에 보여도 안 보이는 척, 덮어놓고 모른 척하면 어떻게든 살아질 거라고…… 그러지 말걸. 힘들면 힘들다고, 무서우면 무섭다고 이야기할걸. 왜 그렇게 센 척하고 살았을까."

재아는 경청했다. 정인이 충분히 시간을 들이고 숨을 써 가며 이야기를 할 수 있게 기다려 주었다.

"알바 잘리고 집에 들어갔는데, 할머니가 왜 그러냐고 물었거든. 그때 할머니한테 말했어야 했어. 힘들다고, 속상하다고. 하지만 그건 할머니 잘못도, 내 잘못도 아니라고. 그냥, 그런 거라고. 그렇게 말했어야 했는데…… 그런데 그걸 못했어. 내가 숨어 버리니까 할머니는…… 혼자 감당하려고 했던 것 같아. 그 사거리는 사실 우리 할머니 구역이 아닌데. 할머니가 거기 왔더라. 고장 난 리어카를 끌면서, 나 때문에, 뭐라도 하나 더 주워 보려고. 그럴 필요 없다고, 방법이 있을 거라고 말했어야 했어. 할머니 리어카를 함께 끌면서……."

그렇게 뱉어낸 숨은 말이 되고, 길이 되었다. 목구멍에서 눈물 샘으로 통하는 길이 열리기라도 한 건지, 괜히 눈물이 나왔다. 정인은 무릎을 세우고 고개를 묻었다.

싫어할 거야, 이런 얘기. 구질구질하고…….

말을 마친 정인의 등에 제법 든든한 무게가 와 닿았다. 재아가
다가오자 달콤한 솜사탕 냄새가 났다. 너무 강하거나 어둡지 않
은, 계수나무 향을 머금은 밤 같았다. 햇볕 가득한 양달이 아니어
도 괜찮았다. 재아가 지닌 그늘은 정인에게 선선한 쉼터가 되어
주었다.

"할머니도 아실 거야. 너도 할머니 마음을 알잖아. 내가 엄마를
미워하면서도 이해하는 것처럼."

"……"

"말 안 해도 통하는 거, 뭔지 알지? 계산하지 않아도 아는 거. 나
도 사실 엄마가 미웠던 건 아니야. 엄마가 나에 대해 계산하고 따
지지 않길 바랐던 거지."

전에 할머니도 이런 말을 했었는데.

그런 거 하나하나 따지면서 어떻게 사니.

재아의 손바닥이 정인의 손등을 감쌌다. 재아의 손은 실크처럼
부드러웠다. 정인이 고개를 들었다. 눈이 마주치자 재아가 미소
지었다. 재아의 눈동자 속에 샛별 같은 금빛이 아른거렸다.

정인이 재아의 손목을 낚아챘다. 정인에게 잡힌 재아의 손은 굳
은살 하나 없이 매끈했다. 평생 제 손톱보다 무거운 건 들어 본 적

없는 손처럼.

"너, 진짜야?"

재아의 얼굴에서 미소가 사라졌다. 동공에서 아른대던 샛별도 형광등이 꺼지듯 사라졌다.

"아니면 이것도 내 상상이야?"

갑자기 훅 끼친 빛에 정인은 눈을 찌푸렸다. 가늘어진 시야 사이로 침대, 벽지, 그리고 재아의 얼굴이 녹아 내렸다. 재아의 목소리가 들리는 듯싶더니 빛과 함께 사라졌다.

23. 만찬

다시 샹들리에와 대리석으로 장식된 홀이었다.

정말로 상상이었을까.

재아를 만난다면 묻고 싶었다. 너도 나를 봤냐고. 나를 이해했냐고. 상상 속 재아 말고 진짜 재아에게. 하지만 여기서는 재아를 볼 수 없다. 이곳에서는 모든 게 정인의 상상일 뿐이니까.

정인은 다음 문 앞에 섰다. 똑같은 하얀색 문. 정인은 침을 꿀꺽 삼키고 손잡이를 밀었다.

우아하게 꾸며진 레스토랑이다. 알록달록한 유리 장식이 달린 램프, 반질반질 닦여 얼굴이 비쳐 보이는 식기. 정인이 식탁에 앉았다. 맞은편 자리는 비어 있었다.

"예약 손님은 오고 계십니다."

잘 다린 정장을 입은 웨이터가 정인을 안내했다. 곧 문이 열리고 '예약 손님'이 들어왔다.

"할머니!"

할머니가 주춤주춤 정인의 맞은편에 앉았다.

"전채는 캐비어와 아보카도를 곁들인 샐러드입니다."

웨이터가 음식을 내왔다. 할머니는 말없이 냅킨을 무릎에 깔고 식기를 손에 쥐었다. 할머니가 말이 없자 정인도 말을 할 수가 없었다. 할머니가 아보카도 조각을 입에 가져갔다. 정인도 아보카도를 입에 넣었다. 할머니가 오물오물 아보카도 샐러드를 씹더니 물과 함께 넘겼다. 잠시 후 웨이터가 빈 그릇을 치우고 새로운 음식을 내놓았다.

"블랙 트러플을 올린 스프입니다."

할머니가 스프를 떠서 넘겼다. 정인도 한 숟가락 떠서 입에 넣었다. 아무 맛도 느껴지지 않았다.

"할머니."

"응?"

"맛있어?"

"맛있네."

할머니가 말했다.

웨이터가 빵과 버터를 내왔다.

"버터와 식전 빵입니다."

할머니가 빵을 집었다.

"할머니."

"응?"

"할머니한테 그렇게 말해서 미안해."

"아니."

따끈따끈한 빵을 한 입 물자 부스러기가 후드득 접시 위에 떨어졌다.

"아니다."

잠시 후 웨이터가 다시 나타났다.

"크림 소스와 샐러리를 곁들인 농어 스테이크입니다."

할머니가 생선의 흰 살을 작게 잘라 썰어 삼켰다. 정인도 농어를 먹었다. 생선은 부드러웠고 버터에 구운 샐러리는 고소했다.

"할머니."

"응?"

"맛있어?"

할머니는 대답 대신 생선을 먹었다. 접시가 거의 비어 갈 즈음에야 할머니가 말했다.

"네 엄마 그렇게 보내고 너랑 둘이 집에 돌아와서는 어찌나 무섭던지. 어떤 밤엔 무서워서 잠도 안 오더라."

"날 맡은 게 무서웠어?"

"아니."

웨이터가 할머니의 빈 그릇을 치웠다. 그러고는 작은 도자기 컵에 담긴 디저트를 내놓았다.

"디저트는 저희 가게의 자랑, 크림 브륄레입니다. 달콤한데 쌉쌀하고, 뜨거운데 차갑고, 단단한데 부드럽고. 만찬을 끝내는 후식으로 이만한 게 없죠."

조금 탄 듯한 갈색의 캐러멜이 먹음직스러웠다. 할머니는 숟가락으로 커스터드 위에 올라간 캐러멜을 부쉈다. 톡, 톡, 파삭. 단단하게 군은 설탕이 경쾌한 소리를 내며 깨졌다.

"할미가 늙은이라, 자고 못 일어날까 무서웠지."

이번에는 할머니를 따라 숟가락을 들 수 없었다. 도저히 먹을 수가 없었다.

"어느 아침에 네가 일어나서 못 일어나고 누워 있는 할미를 볼까 그게 무서웠지."

차가운 커스터드 크림이 미지근하게 식어가는 게 보였다.

"자다 깬 네가 제 엄마를 찾으면서 우는데, 그거 안고 달래며 재우는 거야 내 일이고. 그런 거는 하나도 안 무서웠다."

웨이터가 다시 다가왔다.

"식사는 만족스러우셨습니까? 차를 준비해 드리겠습니다."

"아니요. 하지 마세요. 아직 다 안 먹었어요. 안 끝났어요."

정인이 급하게 말했다. 하지만 웨이터는 정인의 말을 듣지 않았다. 할머니가 차에 우유와 꿀을 넣었다. 티스푼으로 차를 두어 번 젓고 입으로 가져갔다. 할머니가 마시는 차에서 과일 냄새, 흙냄새, 꽃 냄새가 났다. 할머니가 만족스러운듯 미소 지었다.

"할미는 너랑 이렇게 한 끼 먹어서 좋다. 하기야 매 끼니가 좋았지."

할머니가 찻잔을 내려놓았다.

"참 맛있었다."

"아니, 난 하나도 맛없었어. 하나도 못 먹었어."

할머니가 자리에서 일어났다.

"가지 마, 할머니. 내가 잘못했어. 가지 마."

알록달록한 유리 장식이 달린 램프의 불이 꺼졌다. 반질반질 잘 닦여 얼굴이 비쳐 보이는 식기는 진열장으로 돌아갔다. 찻잔이 사라지고, 테이블보가 벗겨지고, 웨이터는 문의 팻말을 뒤집었다. 할머니는……

"할머니, 가지 마. 가지 마. 내가 잘못했어. 가지 마……."

어두워졌다.

24. 바늘 끝

다시 샹들리에와 대리석으로 장식된 홀. 정인이 눈을 떴다. 악마가 정인의 발치에 서 있었다.

"갈래요."

정인이 중얼거렸다.

"뭐?"

"돌아갈래요."

정인이 몸을 일으켰다. 헬렐이 정인의 앞을 막아섰다.

"왜? 마음에 안 차? 뭘 원해? 말만 해. 아니, 문을 열기만 해. 저 문 뒤에는 보물이 있어. 문 뒤에는 왕좌가 있고, 문 뒤에는 금으로 만든……."

"아뇨. 여기 없어요."

"원하는 게 없다고? 말이 돼? 여긴 네가 만든 공간이야. 네 욕망, 네가 상상하는 모든 것!"

정인이 고개를 끄덕였다.

"아저씨 말이 맞아요. 그래서 여기 없다는 거예요. 여긴 나밖에 없잖아요."

"네가 그랬잖아. 인생은 각자 알아서 사는 거라고. 너의 삶이고 너의 상상이야. 뭐가 더 필요하지?"

"내가 잘 몰랐어요."

헬렐의 표정이 험악해졌다.

"재아가 전에 그랬어요. 꽃무릇은 향기도 없고 뿌리에 독이 있어서 '지옥화'라고 불린다고. 근데 향기 없는 꽃, 뿌리가 독한 꽃은 많잖아요. 향이나 뿌리의 문제가 아니에요. 꽃말 때문이지."

잃어버린 기억.

난 싫어.

잃어버리기 싫어. 내 마음대로 안 풀린다고 걷어차 버리고 싶지 않아. 기억도, 삶도, 세상도.

"그래서 돌아가겠다고? 세상으로? 거기가 어떤 곳인지는 네가 더 잘 알 텐데. '해는 선한 사람과 악한 사람을 똑같이 비추고, 비는 의로운 사람과 불의한 사람 모두에게 내린다.*' 어떤 이는 펜트하우스에서 누군가의 집이 폭우에 떠내려가는 걸 구경하고, 그

집엔 빨래를 말릴 햇빛조차 없단 말이야."

"응달에서 피는 꽃도 있어요."

'꼭 꽃을 피워.'

그래. 그 클로버처럼.

"네가 원하는 꽃을 모두 피워 줄게. 네 잎 클로버로 부족해? 그
렇다면 다섯 잎, 여섯 잎, 일곱 잎…… 아니, 만 개의 잎을 가진 클
로버를 네게 줄게."

"아니요. 난 괜찮아요."

정인은 고개를 저었다.

"그렇게 산다고 나중에 천국 간다는 보장도 없어. 천국의 입국
심사가 얼마나 까다로운지 알아? 조건이 하나라도 어긋난다 싶으
면 퇴짜를 놓는단 말이야. 현재만이 보물이고 소득이고 재산이며
담보라고.•"

이제 악마의 목소리는 애처롭기까지 했다. 하지만 정인은 눈썹
한 올 흔들리지 않았다.

"천국에는 관심 없어요. 나중 일은 어떻게 될지 모르겠어요. 현

• 「마태복음」 5장 45절에서 변형하여 인용.
• 『파우스트』 중에서.

재도 나한텐 풀기 어려운 문제인데요, 뭐. 내 삶으로 돌아갈래요. 할머니가 그랬거든요. 불평하면 지옥이 된다고. 만 가지 가능성을 하나하나 따지면서 살 수는 없어요. 하지만 또 어떻게 하나도 안 따지고 살겠어요. 만의 하나, 그리고 그것 때문에 놓칠 구천구백 구십구 개의 가능성 사이에서 내 식대로 방법을 찾아 볼게요."

"기어이 바늘 끝에 올라서시겠다?"

정인은 제 발을 보았다. 기내용 슬리퍼를 벗어 던진 맨발이었다.

"집에 제 운동화 있어요."

"낡아 빠진 거."

"아직 다 떨어지지 않았으니까. 아니, 맨발도 괜찮아요, 아직은 요."

"쓸리고 아플 텐데."

"그러고 나면 굳은살이 생길 거예요."

"보기 흉할 거야."

"상관없어요."

"결국엔 주저앉고 말걸."

"방법이 있을 거예요. 왜, 예전엔 빵 다섯 개랑 물고기 두 마리로 오천 명을 먹인 사람도 있었다잖아요. 해 볼게요. 해 보고 정말 안 되면 그때, 그때 생각할게요."

0.01퍼센트의 방법. 만 분의 일짜리 가능성. 고작 그걸 가지고……. 하지만 정말 중요한 건 그 0.01퍼센트일 수 있다는 걸 악

마도 알았다.

"너 지금 나가면 여기 다신 못 와. 그래도 갈 거야?"

"여긴 내 상상이라면서요. 내가 원하면 언제든 올 수 있는 거 아니에요?"

"악마가 말하면 속는 척이라도 해, 좀!"

기어코 악마가 분통을 터뜨렸다. 검은 사내의 비단결 같은 피부 위에 추악한 얼굴이 덧씌워졌다. 눈에는 매서운 간헐천이, 뺨에는 어둡고 깊은 심연의 골짜기가, 머리카락 사이엔 높고 가파른 봉우리가 해저 도시의 지형처럼 수면 위로 드러났다. 조금도 사랑할 수 없는, 일말의 연민조차 품을 수 없는 외모였다.

아발론 저편에서 돌풍이 불었다. 돌풍 속에서 책장이 넘어가고 카드가 뒤집히듯, 악마는 길어졌다 짧아졌다 뭉툭해졌다 가늘어졌다를 반복하더니 악독한 표정을 한 꼬마가 되었다가 뿔과 발굽이 달린 염소가 되었다가, 추악한 냄새를 풍기는 멧돼지가 되었다가, 까마귀가 되었다가, 노인이 되었다. 돌풍 속에서 모든 문이 열렸고 색색의 보석과 빨간 벨벳을 감싼 왕의 의자, 금으로 만든 왕관이 폭풍에 휩쓸린 유실물처럼 튀어나왔다. 문 뒤의 모든 욕망들이 튀어나온 다음에야 마침내, 그 안에서 한 무리의 멧새 떼가 날아올랐다.

"우와……."

정인은 고개를 들어 자유로운 멧새들이 세상으로 날아가는 모습을 보았다. 마지막 아주 작은 멧새까지 보이지 않게 되자 정인은 소리 내어 웃었다. 댕그랑댕그랑 종소리가 울리더니 조금씩 멀어졌고 완전히 잦아들었다. 악마는 노인에서 까마귀에서 멧돼지에서 염소에서 꼬마를 거쳐 다시 검은 사내가 되었다.

"어쨌든 물어봐 줘서 고마워요. 맞아요, 여긴 완벽했어요. 참 좋았어요. 참 맛있었고요."

하지만 사내는 전처럼 매혹적이거나 황홀하지 않았다. 그의 피부는 여전히 비단결 같았고, 그의 입술은 여전히 탐스럽게 붉었음에도.

"그치만 이건 진짜가 아니에요. 어쩌면 나중엔 제가 만약에를 찾을 수도 있고, 파우스트라는 사람이랑 상담을 할 수도 있겠지만 지금은 그냥 한 번 더 진짜를 살아 볼게요."

헬렐은 패배의 맛을 음미하듯 눈을 감았다. 부챗살 같은 속눈썹이 파르르 떨렸다.

"딱 한 번만 더요."

바늘 끝에서 몇 명의 천사가 춤출 수 있을까?

그 의미 없는 질문에 대한 공격처럼, 정인은 돌아섰다. 조금 빠르게 걸었다. 점점 더 빠르게. 그러고는 뛰기 시작했다. 앞만 보았다. 뒤돌아보지 않았다.

정인의 뒤에서 상상했던 모든 것이 — 대리석 홀과 화려한 샹들리에와 만개한 꽃과 오색찬란한 강물, 램프를 단 곤돌라까지 — 모래가 되어 부서졌다.

집으로 가는 길은 묻지 않아도 찾을 수 있었다. 정인의 발이 닿는 곳이 곧 길이었다.

25. 정산

"결국 또 '개밥바라기' 꼴이네요."

작은 뿔이 달린 몽마가 튀어나와 깔깔거렸다. 망연한 표정으로 정인이 사라진 방향을 바라보던 악마는 마침내 고개를 숙이고 피식 웃었다.

"이걸 거절할 줄은 몰랐네. 정 그렇다면야, 뭐. 소년이 원하는 대로 숙박비를 치러야지. 할 수만 있다면 저 소년에게 내 생명 보험금이라도 타 주고 싶은데 난 죽을 수가 없으니."

"어라? 다 잡은 멧새를 놓쳤는데 기분 나쁘지 않으세요?"

어쩐지 홀가분해 보이기까지 하는 악마의 모습에 몽마가 고개를 갸웃했다.

"내가 왜? 충분히 재미있었는데. 근사한 한 판 게임이었어. 밥벌이는 안 됐지만 뭐 어때, 휴가였잖아. 악마로 사는 건 쉽지 않

아. 노동법도, 근로 계약서도 없으니. 신은 백 년에 한 번 얼굴을 비추고 천 년에 한 번 기적을 일으키면서 온갖 생색을 다 내는데 악마는 빌어먹을, 도대체 쉴 수가 있어야지. 정말 지긋지긋하다니까."

"타락 천사 헬렐 벤 샤하르의 입에서 지긋지긋하다는 말이 나올 줄이야. 설마, 또 변절하려는 건 아니죠?"

"흔한 휴가 증후군일 뿐이야. '네 평생에 수고하여야 그 소산을 먹으리라'는 말도 있으니. 더 게을러지기 전에 일터로 돌아가야지."

한 잔은 너무 많고 천 잔은 너무 적어. 70억 명의 꼭지가 돌게 하는 건 쉬운데 한 명을 사로잡는 건 어렵지. 어린애 하나도 쉽지가 않다니까. 모처럼 유기농 영혼 하나 맛보나 했는데 다 잡은 영혼을 9회 말에 놓치다니. 아무튼 먹고 살기 힘든 세상이야.

악마가 기지개를 켰다.

"자, 그럼 이제 휴가비 정산을 해 볼까. 악마는 절대 잊는 법이 없으니까."

굳이 바늘 끝에서 춤을 추시겠다면, 근사한 음악이라도 틀어 주는 수밖에. 베토벤이 좋을까? 드보르자크는? 아니, 그것보단 차라리…….

"야, 깡통 던져서 저거 맞혀 봐. 저 고양이."

꼬마들이 고양이를 향해 뛰어갔다. 고양이는 꼬마들을 힐끗 보더니 담벼락 맞은편으로 훌쩍 뛰어올랐다.

고양이가 뛰어오른 담벼락에서 택시로 4,500원어치만큼 떨어진 곳에 있는 종합병원 중환자실에서는 사흘째 의식이 없던 할머니의 발가락이 아주 작게 움직였다. 워낙 나이가 많고 쇠약한 몸이라 의사들도 희망을 잃고 있던 환자였는데.

오래된 박스 냄새가 나는 복지관 3층 홍보팀에서 일하는 사회복지사 김지은 선생님은 새로 산 운동화를 챙겼다. 나이키 에어맥스 상자에 후원금 서약서도 넣었다. 그녀는 아이가 이런 종잇조각보다 새 운동화를 더 좋아해 주길 바랐다. 아직은 마땅히 그래야 할 나이니까.

*

"어유, 깜짝이야."

검은 고양이와 눈 맞춤을 한 택배 기사가 흠칫 놀라며 뒤로 물러섰다. 고양이는 크게 하품을 했다. 택배 기사가 발을 구르려는데 훅, 그가 중심을 잃고 휘청했다. 카트에 빼곡히 실어 올린 상자들이 바닥으로 쏟아졌다.

"에라이, 재수가 없으려니까."

평소에 택배라고는 먼지 한 톨 안 가는 집인데 오늘은 묘하게 택배가 많았다. 햇반에 김치에 라면에 핫초코…… 문제집, 컴퓨터에 전자 기기…… 이건 또 뭐야, 상자가 작은데…….

"VIP 전용 호텔 항공 패키지?"

요즘은 이런 것도 택배로 보내나?

26. 홈인

눈을 떴다. 벽지의 누런 얼룩이 눈에 들어왔다. 창문에 낀 곰팡이도 보였다. 정인은 몸을 일으켰다. 며칠째 갈아입지 않은 옷, 냄새 나는 양말 그대로였다. 하지만 묘하게 개운했다. 길고 깊은 잠에서 깨어난 것처럼 기분이 좋았다.

햄버거 힐에 들러서 사장님께 잘못했다고 말해야지. 지갑을 털어서 유리값을 물어주고. 병원에 가서 할머니를 보고. 복지관에 들르고. 그리고…… 재아에게 연락을 해 볼까? 이 모든 수고를 거쳐 봐야 원점이지만 이상하게 기분이 좋았다. 한 바퀴 돌아 제자리인데도 뭔가 달라진 것 같아. 코치님이 환장하는 그, 끝내기 홈런을 때린 기분이랄까.

방구석엔 지난 토요일 아침 할머니가 차려놓은 밥상이 그대로 있었다. 정인은 밥상 앞에 앉았다. 오늘 할 일이 많으니 속이 든든

해야 했다. 사흘이나 차려져 있던 터라 밥은 딱딱하게 굳었고 김치는 시어졌지만 그래도 크게 한 술 떠서 입에 집어넣었다.

"……맛있네."

아직 안 끝났어. 코치님이라면, 진짜 야구 코치는 아니지만 그래도, 게임은 9회 말까지 가 봐야 아는 거라고 하겠지. 내 맘대로 안 풀린다고 걷어차는 건 예의가 아니라고.

배를 채운 정인이 문을 나섰다. 허리를 굽혀 운동화를 꿰어 신었다. 운동화로 땅을 한 번 박차고 일어났다. 허리를 곧게 세웠다. 숨을 골랐다.

아직 안 끝났어.

악마도 그랬잖아. 난 아직 유통 기한이 안 지났다고. 유통 기한은 무슨. 아직 불펜에서 마운드로 나오지도 않았는데.

정인이 한 걸음 내디뎠다. 또 한 걸음. 다시 한 걸음. 정인의 걸음이 닿는 곳에 멧새의 노랫소리가 머무는가 싶더니 공기 사이로 흩어졌다. 정인이 콧노래를 흥얼거렸다. 경쾌한 리듬이었다.

에필로그

그 고양이는 밤처럼 검어서, 해가 지면 밤과 분간할 수 없을 것 같았다. 말하자면 녀석은 세상의 어두운 면을 온전히 볼 수 있지만, 세상은 녀석을 볼 수 없다는 뜻이다. 그래서인지 고양이는 여유롭고 우아한 자태로 해바라기를 하며 세상을 내려다보았다. 그러더니 귀를 쫑긋, 코를 움찔, 수염을 포르르거렸다.

……고소하고 달큰한, 외로움의 냄새.

고양이는 그림자 속으로 훌쩍 뛰어 들어갔다. 중력을 받지 않는 것처럼 사뿐히.

그 검은 고양이를 눈여겨본 사람이라면 녀석이 정말로 땅에서 조금 떠 있었다는 걸, 정말로 중력을 받지 않는다는 걸 알아챘을지 모른다. 하지만 그건 아주 찰나였고, 녀석은 순식간에 사라졌다. 검은 고양이가 다 그렇듯. 세상의 모든 어두운 것이 다 그렇듯.

"아잇, 깜짝이야."

"냐아 ─ "

"뭐야⋯⋯ 고양이?"

하지만 아주 사라진 것은 아니었으니, 녀석은 어둠 속에 웅크린 채 누군가 자신과 눈을 마주치길 기다리고 있을 것이다.

작가의 말

'작가로 성공하기 위해 필요한 것은 종이와 펜과 불행한 어린 시절이다.'

저는 이 경구를 오랫동안 마음에 담고 살았습니다. 많은 경구들이 그렇듯 이 말은 제게 약간의 위안을 주는 것 말고는 사실 쓸모가 없었습니다. 종이와 펜보다 더 성능 좋은 워드 프로세서로 작업했는데도 제가 쓰는 이야기는 영 신통치 않았고, 불행한 어린 시절은 영원히 계속되는 것처럼 보였습니다. 하지만 딱히 다른할 일도 없었기 때문에 계속 썼습니다. 그러다 이야기 하나를 어떻게든 완성했고 이렇게 작가의 말을 쓰게 되었습니다.

저는 아직 작가라고 칭하기엔 민망한 수준이지만, 저 경구에 몇 가지를 더 추가해야 한다고 감히 주장하고자 합니다.

일단, 작가가 되기 위해서는 계속 쓸 수 있는 힘을 주는 사람들이 필요합니다. 제가 워드 프로세서 안에서 허우적거리고 있을 때 건져 내서 햇볕을 쪼여 준 사람들 덕분에 이야기를 마칠 수 있었습니다. 정말로 고맙습니다. 그리고 앞으로도 잘 부탁드립니다.

두 번째로, 작가가 되기 위해서는 좋은 편집자님들이 필요합니다. 변변찮은 이야기를 진지하게 읽어 주시고, 저의 부족한 성정까지 받아 주셔서 감사하고 또 죄송합니다. 교정지 중간중간에 작은 하트를 그려 넣어 주셔서 고맙습니다. 그 하트들 덕분에 여기까지 왔습니다.

세 번째로, 이게 가장 중요한 건데, 이 글을 읽어 주시는 분들이 필요합니다. 제가 아무리 글을 잘 쓴다 한들 그걸 읽어 주시는 분들이 없다면 무슨 소용이겠어요. 감사하다는 말은 너무 진부하지만 더 나은 표현을 찾기가 힘드네요. 그저 감사합니다.

사람들은 극복하는 인간을 좋아한다지만 사실 저는 그 말을 믿지 않습니다. 극복하지 않아도 괜찮으니 그냥 하세요. 뭐 어떻습니까, 딱히 다른 할 일도 없잖아요. 그러다 보면 언젠가 피어날 겁니다. 응달에서도 꽃은 피니까요.

나혜림

창비청소년문학 113

클로버

초판 1쇄 발행 | 2022년 9월 2일
초판 10쇄 발행 | 2024년 6월 3일

지은이 | 나혜림
펴낸이 | 염종선
책임편집 | 구본슬 정소영
조판 | 황숙화
펴낸곳 | (주)창비
등록 | 1986년 8월 5일 제85호
주소 | 10881 경기도 파주시 회동길 184
전화 | 031-955-3333
팩스 | 영업 031-955-3399 편집 031-955-3400
홈페이지 | www.changbi.com
전자우편 | ya@changbi.com

ⓒ 나혜림 2022
ISBN 978-89-364-5713-6 43810